Jean Charles Fauvety

Spiriten und Gelehrte: ein Aufsatz

Antigonos

Jean Charles Fauvety

Spiriten und Gelehrte: ein Aufsatz

Unveränderter Nachdruck der Originalausgabe von 1880.

1. Auflage 2024 | ISBN: 978-3-38694-602-5

Antigonos Verlag ist ein Imprint der Outlook Verlagsgesellschaft mbH.

Verlag: Outlook Verlag GmbH, Zeilweg 44, 60439 Frankfurt, Deutschland
Vertretungsberechtigt: E. Roepke, Zeilweg 44, 60439 Frankfurt, Deutschland
Druck: Libri Plureos GmbH, Friedensallee 273, 22763 Hamburg, Deutschland

Spiriten und Gelehrte.

Ein Aufsatz

von

Julius Soury

aus Nr. 2873 und 2876 vom 7. und 10. October 1879 des
Pariser Journals „La Republique française",

nebst Antwort auf denselben von **Charles Fauvety.**

In's Deutsche übersetzt von

Dr. Em. Schärer.

Verlag der Administration von „Licht, mehr Licht!"

Th Egling'sche Buchdruckerei, Waltershausen b. Gotha.
1880.

Spiriten und Gelehrte.

Uebersetzung von Dr. Em. Schärer.

(Républ. franç. vom 7. und 10. Oktober 1879
Nr. 2873 und 2876.)

Wenn man einem greisen Professor der Philosophie der in Ruhe-
stand versetzt ist oder es zu werden verdiente — denn er hat seine
vollen Vierundsiebenzig hinter sich — glauben dürfte, so würde sich
der gelehrten Welt gegenwärtig eine hochwichtige Frage aufdrängen,
nämlich die „ob es eine Geisterwelt gibt die mit unserer irdischen Welt
in Beziehung steht und in dieser eine wahrnehmbare Wirkung hervor-
zubringen vermag." [1])Ulrici begnügte sich jedoch nicht damit, die Frage
nur aufzuwerfen: Die welche eine wissenschaftliche Prüfung der spiritischen
Manifestationen fordern, gehören nämlich zu derselben Geisterfamilie wie
Diejenigen welche eine Kommission der medizinischen Akademie eingesetzt
zu sehen wünschten, um die Heilungen von Lourdes und La Salette zu
konstatiren. Es sind das von ihrer Sache so fest überzeugte Leute, dass
sie es nicht mehr gestatten wollen dass man die Gegenstände ihres Glaubens
nur ironisch oder verächtlich oder gar mit erklärter Feindseligkeit an-
sehe. Jeder religiöse oder metaphysische Glaube strebt naturgemäss nach
Eroberungen. Der Gelehrte der seine Hände voll abstrakter Wahrheiten
hat, hütet sich wohl dieselben zu öffnen: Methode und Prinzipien seiner
Wissenschaft bleiben der grossen Menge unzugänglich. In jedem Gläubigen dagegen steckt ein Apostel, ein Mensch der das Menschengeschlecht
bekehren möchte und der lieber Verfolgung, als Gleichgültigkeit über sich
ergehen lassen würde.

Man weiss was Eduard Tylor mit den Worten „revival in culture",
Wiedergeburt in der Civilisation meinte. Der Geister- und Gespenster-
glaube, der Spiritismus und Spiritualismus gehören mit Recht in die
grosse Klasse dieser Thatsachen. Für Niemanden von gewöhnlicher,
einfacher Bildung der seine Gedanken methodisch zu verwenden weiss,
vermöchten die sogenannten spiritischen Phänomene als Gegenstand einer
wissenschaftlichen Prüfung zu erscheinen. Die Umstände und Bedingungen
der betreffenden Thatsachen (und diese sind überall die nämlichen) gehören
vor das Forum der Irrenärzte, der Taschenspieler, ja selbst der Sitten-
polizei. Dies ist auch genau der Fall mit dem bekannten amerikanischen
Spiriten Henri Slade dessen Leipziger Sitzungen beim Professor Ulrici
einen längst schon vorbereiteten Geisteszustand herbeigeführt zu haben
scheinen und die Veranlassung zu dem Artikel in der „Zeitschrift für
Philosophie und philosophische Kritik" geworden sind, auf welchen Pro-

---

1) H. Ulrici „Der sogenannte Spiritismus, eine wissenschaftliche Frage" in der „Zeitschrift
für Philosophie und philosophische Kritik", Band 74, Heft 2. 1879, S. 239.

fessor Wundt in einem stellenweise höchst pikanten Schreiben antwortete, aus dem wir einen Auszug bringen werden.

Vorgängig erlauben wir uns jedoch einige Worte über das Medium Henri Slade selbst, seine Händel mit der Londoner und Berliner Polizei, endlich seine Leipziger Sitzungen denen im Hause des Professor Zöllner neben W. Weber und Th. Fechner, Ludwig und Thiersch eine grosse Zahl anderer Professoren der grossen deutschen Universität, und unter diesen auch Wilhelm Wundt beiwohnten.

Die Thatsachen die wir wiedergeben sind englischen und deutschen Blättern entnommen, sowie den Verhören mit Slade und dem Wortlaute der Plaidoyers und der ergangenen Urtheile. Die meisten dieser Dokumente sind nicht etwa von einem Gegner des Spiritismus, sondern von dem begeistertsten Apostel Slade's, von Zöllner selbst, im zweiten Bande seiner „Wissenschaftlichen Abhandlungen" (Leipzig 1878) gesammelt worden. Schon unlängst als eine französische Revue über den ersten Band jener Abhandlungen Bericht erstattete (Revue philosophique 1878 Nr. 11. S. 529 ff.) beklagte sie es, dass ein Gelehrter wie Zöllner sich in Wirklichkeit an vielen Stellen seiner Schriften nicht an die Physiker und die Philosophen, sondern an die Spiriten wandte. Diesmal sind es nicht mehr nur einige Seiten, sondern fast ein ganzer Band voll Vertheidigungen, welche Zöllner der Person, den „Verfolgungen" und den „Experimenten" des bekannten amerikanischen Mediums widmet. Diese Arbeit Zöllner's wird einst ein werthvolles Dokument für den psychologischen Geschichtsschreiber abgeben, der diese seltsame Gestalt zu zeichnen versuchen wird. In einer poetischen oder vielmehr spiritischen Fiktion beschwört hier Zöllner den Schatten Grimmelshausens, des Verfassers des „Simplicissimus", gleichsam als Spiritus familiaris herauf. Grimmelshausen zieht jeden Augenblick aus seinem Gebiete, der vierten Dimension, alle auf Slade bezüglichen Papiere mit einer Menge von Bruchstücken aus Virchow's, Helmholz', Du Bois Reimond's Schriften hervor und präsentirt sie Zöllner, — Schriften von Männern die sämmtlich gegenüber der Geisterwelt eingefleischte Skeptiker sind. Der von Zöllner zuweilen angeschlagene lyrische Ton, seine Apostrophen an Grimmelshausen, sein Gebet zum „Vater des Sternenhimmels", einige kleine Zusammenhangslosigkeiten der Rede, die periodische Wiederkehr derselben Phrasen und Gedanken, — das Alles scheint an die Symptome eines Geisteszustandes zu erinnern, der übrigens gar wohl eine Zeit lang mit einer fruchtbaren wissenschaftlichen Thätigkeit im Gebiete der Astrophysik zusammenbestehen mag.

Henri Slade ist ein Amerikaner hohen Wuchses, ein Yankee mit langsamen und umsichtigen Bewegungen, mit langen Armen und Beinen, langen schlanken und feinen Fingern. Seine Haare sind frisirt und er trägt einen langen Schnurrbart; sein Gesicht ist geisterbleich, seine Augen von einem Glanze der nicht ohne Sanftheit ist. In der Regel zurückhaltend und kalt, lacht er zuweilen still in sich hinein: so als ihm Zöllner gewisse Experimente vorschlug, als ob er zweifelte dass die Geister in ihre Ausführung einwilligen würden. Slade gibt sich in der That, wie alle Medien, als ein rein passives Werkzeug jener Wesen, obgleich sich dieser Anspruch nicht recht mit seinem Verhalten reimen dürfte, wie Wundt dies hervorgehoben. Eins wenigstens ist gewiss: Slade entfaltet eine sehr grosse praktische Thätigkeit und versteht sich trotz einem Impresario auf das Organisiren von Vorstellungen, ich wollte sagen von „Sitzungen" in allen grossen Städten Europa's. Er lässt sich von einem Faktotum, Hrn. Simmons, einer ziemlich seltsamen und geheimnissvollen Persönlichkeit, wie man aus dem Londoner Prozess entnimmt, so wie von zwei reizenden jungen Mädchen begleiten, deren eine seine Nichte sein soll. Slade ist Wittwer: seine Gattin die sich in dieser Welt Allie nannte, hat ihn aber doch nicht ganz verlassen, sie ist der Geist der in den Sitzungen auf die Tafeln schreibt und unendlich weniger dunkle Orakel ertheilt, als die der Priesterinnen von Delphi. Was Allie's Handschrift betrifft, so fanden sich Leute die von deren Aehnlichkeit mit derjenigen ihres irdischen Gatten überrascht waren. Die Besucher werden, bevor sie zum Besuch des berühmten Mediums zugelassen werden, zuerst von den beiden jungen Damen im Salon empfangen. Es scheint allerdings dass dieselben, ohne den Anschein zu haben, die Fremden mit ihren feinen und durchdringenden Blicken mustern und, sobald Slade erscheint, es nicht unterlassen ihm das Resultat ihrer Beobachtungen durch irgend ein unmerkliches Zeichen zu erkennen zu geben. Der Spirite richtet darnach sein Benehmen ein, während sein Faktotum die Besucher von Bedeutung in's Hauptbuch einträgt und die Kasse besorgt. Die auf diese Weise eingehenden Gelder belaufen sich auf eine verhältnissmässig hohe Summe und die Sitzungen eines solchen Mediums haben schon mehr eingetragen als das ausserordentliche Auftreten des berühmtesten Tenors. Nehmt noch hinzu dass die Kosten des Spiriten keine bedeutenden sind: ein Zimmer im Gasthof, ein kleiner Tisch, einige Schiefertafeln, zwei bis drei Stühle und in Ermangelung eines Feuerschirms eine Harmonika oder irgend eine Musikdose. Das Programm endlich ist stets so ziemlich dasselbe und fast alle „Experimente" welche Zöllner dem Medium (das ihm den Gedanken dazu einzugeben wusste) zugemuthet zu haben meint, sind schon zur Genüge theils in New-York, theils in London und Berlin vor Liebhabern übernatürlicher Dinge wiederholt worden. So thun denn die Geister zum Beginn zunächst einige Schläge unter dem Tisch an, der Schatten Allie's schreibt auf die Schiefertafeln, die Stühle beginnen nun einige Pas eines Tanzes aus dem Jenseits allein auszuführen und der Feuerschirm, wenn einer da ist, reisst auseinander wie der Vorhang im Tempel zu Jerusalem. Die Albernheit, Unbestimmtheit und besonders die einsilbige Kürze der von den Geistern im Laufe der Sitzungen gegebenen Antworten sind heutzutage sprichwörtlich. Der Spirite, sei es nun Slade oder irgend ein anderer Taschenspieler, hat begreiflicherweise dann nicht Zeit sich lange mit Schreiben unter dem Tisch zu beschäftigen. Dafür bedecken dann mehrere Zeilen in sehr schöner englischer Schrift zuweilen eine Seite des doppelten

---

1) Wissenschaftl. Abhandl. S. 376.

Brettchens, auf welches die Geister schon v o r jeder indiskreten Fragestellung
schreiben. Ohne Zweifel aus Höflichkeit schreiben dann, aber nur dann, die
Geister in mehreren Sprachen und Schriften. Nicht dass ihnen gerade
an einem übertriebenen Purismus gelegen wäre: das Deutsch der seligen
Frau Allie, wenn nicht Slade der wirkliche Schuldige ist, scheint von
einem kleinen amerikanischen Schulmädchen zu stammen. Das Russische
zeugt von einer seltenen Phantasie. Herr Slade versteht nur Englisch
und es hat allen Anschein, dass er in deutschen oder russischen Auf-
gaben nie sehr stark sein werde. Dennoch hat er kaum etwas Anderes
zu thun als die Beispiele in den fremden Grammatiken und die Ueber-
setzungen in die gewöhnliche Bibelsprache abzuschreiben; denn offenbar
aus solchen Büchern sind die Gemeinplätze und Bibelsprüche entnommen
die man auf den Schiefertafeln zu lesen bekommt: ,,Suchet so werdet
ihr finden‘‘ — ,,Wahrheit überwindet Irrthum‘‘ — ,,Und Jesus antwortete ihnen: Der Gott an den ihr glaubt, ist derselbe der mich ge-
sandt hat u. s. w.‘‘

Die Betrügereien des amerikanischen Mediums Henri Slade sind
oft entlarvt worden, namentlich in der ,,Times‘‘ vom 16. September
1876 durch Herrn R a y L a n k e s t e r , Professor der Zoologie an
dem University College in London. Bei der Justiz angezeigt kraft
eines alten englischen Gesetzes das diese Art Menschen als Betrüger und
Vagabunden trifft, erschien Slade vor den Londoner Gerichten, wo sein
Prozess am 20., 21., 27., 28. und 31. October 1876 verhandelt ward.
Auf Requisition des Professor Ray Lankester und des Dr. Donkin fand
die gerichtliche Verfolgung statt. Von den Belastungszeugen sollen
einige, wie Richard Nold Huthon, Mitglied des Senats der Londoner
Universität grosse Summen an das Faktotum Slades gezahlt haben; ein
anderer, Walter Herries Pollock, erklärt, Slade habe den Namen eines
Buches für den einer Person genommen u. s. w. Unter den Entlas-
tungszeugen figurirt leider in erster Reihe der berühmte Nebenbuhler
Darwin's, Alfred Wallace. Slade ward zu drei Monaten Gefängniss in
einer Korrektionsanstalt verurtheilt. Er appellirte und behielt seine
Freiheit vermittelst einer Kaution von 200 Pfd. Sterl., welche Dr.
Wyld und ein anderer Engländer sofort für ihn leisteten. Drei Monate
später, am 29. Januar 1877 wurde der Prozess durch seine Freisprechung vor dem Apellhofe erledigt. Slade verliess dann England
und wandte sich nach Holland, um dort spiritische Sitzungen zu halten.
Gegen das Ende dieses nämlichen Jahres finden wir ihn in Berlin: er
verdreht hier mehreren Personen die Köpfe, aber er erregt zugleich den
heftigsten Zorn der öffentlichen Meinung. Die Angriffe der ,,Volkszeitung‘‘
(18. und 20. Dezember und 27. März 1877) und die Protestationen
der ,,Post‘‘ u. a. m. entleeren ein solches Gewitter über das Haupt
des Mediums, dass er neuerdings sich zum Fliehen genöthigt sieht. Auch
in Berlin wurden Slades Stücke von dem Taschenspieler Hermann und
dem Physiker Böttcher entlarvt und sogar nachgemacht. Das Medium

---

1) Zöllner Wissenschaftl. Abhandl. S. 392.

fand zwar an Bellachini, dem Hoftaschenspieler, einen Helfershelfer der vor Notar und Zeugen erklärte, dass Slade kein Taschenspieler, sondern ein sehr grosser Gelehrter sei. Ein Korrespondent der „Gartenlaube" in Leipzig, Hr. Elcho kam aber hinter Slades Schliche: die kurzen Antworten des Geistes die stets in englischer Sprache und sehr rasch geschrieben wurden, waren von Slades Hand und die Seiten der doppelten Schiefertafel, von einer eleganten Hand und in verschiedenen Sprachen beschrieben, waren zum voraus präparirt.

Einige begeisterte Schüler klopften indessen doch bei ihren Professoren an, um zu wissen, was sie von diesen Wundern halten sollten, oder um diese Gelehrten zu bitten die Thatsachen des amerikanischen Mediums selbst zu untersuchen. Hr. v. Hartmann weigerte sich in ziemlich verlegener Weise, ohne Zweifel wenig geneigt in Slade einen Mitkämpfer seiner Lehre, einen Apostel der Philosophie des Unbewussten anzuerkennen, besonders seit Dühring[1]) auf die Verwandtschaft dieser Philosophie mit dem amerikanischen Spiritismus mit dem Finger hingewiesen hatte. Virchow machte sich den Spass folgende Bedingungen zu stellen: 1) Herr Slade hat sich Allem zu unterziehen, was die mit seiner Prüfung beauftragten Personen verlangen werden, 2) Professor Virchow wird ihm Hände und Füsse festbinden, 3) an jedem Fuss des Tisches wird ein Beobachter aufgestellt werden. — Ob man da beim amerikanischen Medium nicht tauben Ohren predigte!

Was Helmholz betrifft, so gab er ungefähr dieselbe Antwort (4. November 1877) die einst Faraday den Gebrüdern Davenport gegeben: „Meine Herren, sagte der berühmte deutsche Physiologe, ihr hattet es mit einem äusserst geschickten Taschenspieler zu thun; schon die unsern vollführen Wunder, aber die Amerikaner sind noch viel stärker. Ich vermag zu meinem Bedauern nicht mich einer Forschung zu unterziehen, wie die zu der ihr mich einladet. Ich danke Ihnen für Ihr Vertrauen und empfehle Ihnen die grösste Umsicht." [2]) Zwei Monate später, im Januar 1878, ward Slade wirklich polizeilich aus Berlin ausgewiesen. Unzählige Drohbriefe und Denunziationen gegen das betrügerische Treiben des amerikanischen Spiriten waren in der That der Polizei zugegangen; sie fürchtete nächstens ihm keinen Schutz mehr gewähren zu können.

In Leipzig wo er bei einem Freunde Zöllners seine Wohnung bezog, nahm Slade seine Uebungen wieder auf: Anrufung der Geister Verstorbener,[3]) Geisterschriften, Erscheinungen von Händen und Füssen Abgeschiedener, kurz das ganze alte Spiel das von Zöllner in seinen „Wissenschaftlichen Abhandlungen" unter dem pomphaften Titel: „Meine Erfahrungen mit Herrn Slade zu Leipzig"[4]) aufs Naivste beschrieben wird. Es ist hier nicht der Ort von den Speculationen des gelehrten Astronomen über seinen angeblichen Raum von vier Dimensionen

---

1) Dühring, Kritische Geschichte der Philosophie. 3. Aufl. Leipzig 1878. S. 322. — 2) Zöllner, Wissenschaftl. Abhandl. S. 378. — 3) Allerdings schreibt Slade und mit ihm Zöllner und Ulrici den zuweilen sichtbaren und tastbaren Geistern von Verstorbenen die spiritischen „Phänomene" zu. Zöllner, „Wiss. Abh." S. 379. Ulrici, „Zeitschrift f. Ph." S. 367. — 4) S. 325 ff. —

zu reden, den ihm die Geister enthüllt hätten, noch auch auf die Sonderbarkeiten dieses grossen Denkers zurückzukommen, der sich vielleicht so lange an ungesunden Visionen berauscht, bis er schliesslich bei der Lehre der Illuminaten und einem hellsehenden Wahnsinn anlangt. Er selbst erzählt dass, als vor 6 Jahren sein schönes Buch über „die Natur der Kometen" erschienen, das Gerücht gegangen sei, er sei närrisch geworden.[1]) „Die wissenschaftlichen Eingebungen Zöllner's, schrieb Herr E. Bouty, tragen einen sehr ausgesprochen persönlichen Character. Begabt mit einer übersprudelnden Einbildungskraft schenkt dieser Gelehrte gerne der Objectivität seiner Hypothesen unbedingten Glauben und ersetzt den Mangel einer gründlichen Kritik gar zu gerne mit einer überraschend bittern Polemik." Derselbe Kritiker bemerkte dass Zöllner auf die Ausströmungs-Theorie zurückgekommen sei die seit einem halben Jahrhundert für die Erklärung der Phänomene des Lichts aufgegeben ist. Das Resultat der Berechnungen Zöllners schien in dieser Beziehung ebenso unfruchtbar, wie die so wenig gerechtfertigte Hypothese die ihm zur Grundlage dient, und als der übrige Theil des Weber'schen Systems.

Nun ist es auch wieder die Verehrung Zöllners für seinen ehrwürdigen Kollegen, den Physiker Wilhelm Weber, die ihn blindlings wissenschaftliche Glaubenssätze annehmen liess welche sich bei ihm stets in eine Art von religiösen Glauben verwandeln. Er hat die Herren Weber und Th. Fechner genau seinen „Experimenten" die er mit Slade angeordnet zu haben glaubt, folgen lassen: niemals vergisst er diese berühmten Gelehrten als Zeugen seiner Experimente aufzuführen und in Wahrheit würde dem Zeugniss solcher Männer das Gewicht nicht abgehen, wenn nicht der eine 76 und der andere 79 Jahre alt wäre.

Ich beeile mich um da man Slade kennt, auf den Brief Wundt's an Ulrici zu kommen. Wundt ist einer der Professoren der Universität Leipzig welche ernannt worden waren den Sitzungen des amerikanischen Mediums beizuwohnen. Es lag ihm daher daran öffentlich seine Ansicht über eine Frage auszusprechen die Ulrici eine „wissenschaftliche" nennt, weil nach diesem Philosophen nennenswerthe Gelehrte dieselbe ernstlich untersucht hätten. Ulrici hat nichts selbst gesehen: sein Glaube stützt sich einzig und allein auf die Autorität einiger Zeugen. Aber diese Zeugen, sagt Ulrici, sind Physiker, Naturforscher; das ist somit eine wissenschaftliche Autorität. Woran erkennt man nun aber in Wirklichkeit eine wissenschaftliche Autorität? Welches Vertrauen darf man dem Zeugniss Anderer schenken in Bezug auf die Thatsachen und Lehren unserer Wissenschaften? Das sind die Fragen die Wundt gleich Anfangs an Ulrici richtet.

Bezüglich der ersten von diesen Fragen, sagt er, ist es klar dass daraus dass ein Mann in einer Wissenschaft hervorragt, noch nicht folgt dass er in allen dieselbe wissenschaftliche Autorität besitze. Der grosse Name Isaak Newtons vermochte nicht den Kommentar des Mathematikers über die Apokalypse vor einer raschen Vergessenheit zu retten. Die

---

1) Ebendas. S. 223. --

englischen und deutschen Naturforscher die Ulrici anruft, warne, so sehr in ihren wissenschaftlichen Fächern hervorragen, deswegen noch nicht berechtigt über Erscheinungen ein Urtheil abzugeben die von denjenigen sich absolut unterscheiden welche der Naturforscher gewöhnlich beobachtet. Alle wissenschaftlichen Methoden beruhen in Wahrheit auf dem Prinzip der Unveränderlichkeit der Naturgesetze und man nimmt als Postulat an dass wenn die Bedingungen gegeben sind, die und die Thatsachen auch unweigerlich folgen müssen. Der Naturforscher räumt weder Laune noch Zufall ein im Weltall. Nun aber wissen die spiritischen „Phänomene" nichts von den Gesetzen der Physik oder vielmehr sie thun als ob sie ihnen Trotz bieten wollten.

Es ist unmöglich irgend eine Ordnung, eine Succession, eine ordentliche Reihenfolge in den Manifestationen dieser Art zu entdecken. Die Gelehrten, welche die von Slade enthüllten angeblichen Thatsachen untersuchten, brachten diesem Gegenstand ihres Studiums das Vertrauen entgegen das sie den gewöhnlichen Objecten ihrer Beobachtungen gegenüber zu haben pflegen. Das war aber hier wahrlich nicht am Orte. So wurde z. B. konstatirt dass Slade einen thatsächlichen Einfluss auf die Bewegungen einer Magnetnadel ausgeübt hatte. Aber Zöllner hatte dem Medium von diesem Experiment gesprochen und dieser hatte sich darauf vorbereitet; übrigens hatte er dasselbe schon in Berlin ausgeführt. Alles was sich bei dieser Gelegenheit zugetragen, lässt einen unwillkürlich an das denken was jeder Mensch, wenn er mit einem starken Magnet versehen ist, ausführen würde. Die Leipziger Physiker waren zu fest von der Ehrlichkeit des zu prüfenden Subjekts überzeugt, als dass ein Zweifel auch nur an sie herangetreten wäre. An ihrer Stelle hätten eine Magistratsperson, ein Kritiker, ein Arzt — lauter Leute die an der Wahrhaftigkeit der ihrer Untersuchung unterworfenen Menschen zu zweifeln geeigt sind — es gewiss nicht unterlassen die Rockärmel Slades zu untersuchen.[1])

Die Männer der Wissenschaft welche Ulrici anruft, waren also hier nicht an ihrem rechten Platze: sie sind inkompetent. Der einzige Kompetente — weil er mehrere „Experimente" Slades studirt und mit Erfolg nachgemacht hat — ist Dr. Christiani, Präparator am physiologischen Institut zu Berlin. Dieser nun versichert dass jene Versuche einfache Taschenspielerstücke seien.

In Betreff der zweiten Frage erinnert Wundt Ulrici zunächst daran dass wir weitaus in den meisten Fällen die und die Thatsache auf die Autorität Anderer hin für wahr halten: die Zahl der Thatsachen deren Bedingungen und Gesetze wir durch uns selbst zu erkennen vermögen, ist verhältnissmässig sehr klein. Alles was wir glauben erscheint uns aber dennoch als um so gewisser, eine je grössere Uebereinstimmung wir darin mit der Gesammtheit unserer Kenntnisse finden. Theilt man uns eine Thatsache mit die neu ist und die wir nicht selber durch unsere Beobachtung kontrolliren können, so sollen wir, bevor wir an sie

---

1) **Wundt, Der Spiritismus**, S. 10. —

glauben, die Erfüllung dieser beiden Bedingungen fordern: 1) die Thatsache muss von einem glaubwürdigen und in den betreffenden Untersuchungen bewanderten Zeugen konstatirt worden sein und 2) darf diese Thatsache nicht mit den festgestellten Thatsachen in Widerspruch stehen. Es kann ohne Zweifel vorkommen dass eine vorerst für unmöglich gehaltene Thatsache später mit unsern allgemeinen Theorien in Uebercinstimmung gebracht werden kann und als wahr befunden wird. Allein, wird Jemand in der ganzen Geschichte der Wissenschaften einen Gelehrten nennen können der, eine neue Thatsache aufweisend, behauptet hätte dass durch seine Entdecknng sämmtliche Naturgesetze von oberst zu unterst gekehrt werden sollen? Wohlan, das ist gerade das was man heute behauptet. Die Gesetze der Schwere, der Electrizität, des Lichtes und der Wärme, versichert man uns, haben nur noch einen hypothetischen und einen provisorischen Werth. Was die neue Anschauung der Dinge betrifft welche die alte zu ersetzen berufen sei, nämlich den Spiritismus, so beruht dieser nur auf der Willkühr einiger Individuen die man Medien nennt. Wie ist es möglich eine solche Anmassung ernst zu nehmen, wie es Ulrici gethan? Am eigentlichen Fundament des ganzen Gebäudes unseres Wissens, an dem allgemeinen Prinzip der Kausalität vergreift sich der Spiritismus! Hier das majestätische Ganze sämmtlicher bekannten Naturgesetze die stets von neuem bewahrheitet und immer fester werden und sich weiter ausdehnen, eine nach Jahrhunderten zählende, ununterbrochen wachsende Erbschaft des Bewusstseins auf unserm Planeten. Dort ein kleines Häuflein ausgezeichneter Gelehrten deren sämmtliche persönliche Arbeiten zur Verstärkung des Ansehens jener Naturgesetze beitrugen, die jedoch, an einem Abschnitt ihres Lebens angelangt und unter dem Einfluss gewisser ihren Studien fern liegenden Praktiken, plötzlich erklären, das Kausalitätsprinzip sei nur ein Trugbild und wir hätten nichts Besseres zn thun als unsere gegenwärtige Weltanschauung fahren zu lassen.

Man nehme nun noch hinzu, fährt Wundt fort, dass die angeblichen spiritischen Beobachtungen, sowohl die Zöllner'schen als die andern, niemals unter — ich will nicht sagen wissenschaftlichen, sondern auch nur einfach annehmbaren Bedingungen gemacht worden sind. So ist die erste Bedingung zum Gelingen der Slade'schen Experimente, dass alle Anwesenden ihre Hände auf dem Tisch halten und dass kein Beobachter sich ausserhalb des Kreises befinde. Ein beträchtlicher Theil des Beobachtungsfeldes entzieht sich somit den Blicken. Die langen Beine Slade's blieben immer sichtbar, sagen die Jünger; ja fast immer, aber nicht immer. Im Allgemeinen ist es immer das Medium allein das entscheidet wann ein Phänomen stattfinden soll und ob es stattfinden soll.

Die Anwesenden machen den Vorschlag, das Medium trifft die Entscheidung. Bei jedem neuen Vorschlag verfehlen die Geister oder der Geist nie schriftlich auf der Schiefertafel zu antworten: „Wir wollen es versuchen," das eine Mal thun die Geister das was man von ihnen verlangt, das andre Mal thun sie es nicht oder sie thun gar das Gegentheil! In einem gegebenen Augenblick versichert das Medium Lichterscheinungen an der Decke zu sehen, die aber die Zuschauer den Kopf nach oben gerichtet vergeblich suchen; ein andermal fällt der Spirite selbst in Krämpfe und lenkt mit Nothwendigkeit die Aufmerksamkeit ab. Alle welche Slades Sitzungen in Zöllners Haus beigewohnt, sind Zeugen dieser Szenen gewesen.

II.

Wundt gab sich am Schluss seines Briefes die Mühe Ulrici auf die verderblichen Folgen solcher Lehren für die ernsten Studien aufmerksam zu machen, wenn die akademische Jugend je ihr Ohr so gefährlichen Lehrern wie dieser Professor der Philosophie leihen sollte. Wenn es keine Naturgesetze, „eherne“, unveränderliche, ewige, allgemeine Gesetze wenigstens in dem von uns beobachteten Theile der Welt giebt, so giebt es auch keine Wissenschaft mehr. Wozu von der wissenschaftlichen Forschung die Lösung von Problemen verlangen die man verlangen kann, wenn man sich einfach an die Geister wendet? Bisher waren allerdings die Antworten dieser letzteren kaum der Art dass die Gelehrten dem Weg der Laboratorien und Bibliotheken untreu geworden wären. Trotz seinem Geständniss dass Slade's Geister wenigstens „noch nicht zur vollen und ganzen Erkenntniss der Wahrheit gelangt seien“, wagt es Ulrici zu behaupten, dass das Wissen und Können dieser Gespenster nichts destoweniger schon eine Höhe erreicht habe die menschliches Wissen und Können weit übersteige! Das ist denn doch eine Lehre die, wenn sie sich eines Tages bei in Verfall gerathenen Nationen oder selbst bei Völkern einer mittleren Kulturstufe verbreiten sollte, fürchterliche Verwüstungen im geistigen Leben der Menschheit anrichten müsste. Um nun den verderblichen Einfluss solcher Träumereien zu bekämpfen, die vielleicht gefährlicher sind als sie selbst in unsrer Zeit scheinen — denn sie entsprechen unserer ältern Weltanschauung, jenen ererbten Vorstellungen die stets noch in den geheimnissvollen Tiefen unseres Bewusstseins fortleben —, um gegen diese Erniedrigung und Entwürdigung zu der uns die spiritische Lehre führen möchte, Einsprache zu thun, hat Wundt auf den ärgerlichen Artikel Ulrici's öffentlich geantwortet.[1])

Diese Antwort Wundts scheint mir indessen nicht vollständig zu sein. Gewiss war Niemand befähigter die äusserste Schwäche der Idee Ulrici's aufzudecken und den angeblichen spiritischen Manifestationen gerecht zu werden, als der ausgezeichnete Verfasser der „physiologischen Psychologie“. Ich billige ihn dass er Zöllner und seine beiden ehrwürdigen Kollegen Weber und Fechner aus dem Spiel gelassen. Jeder der das gelesen was der gelehrte Astronom zur Vertheidigung Slade's öffentlich ausgesprochen, wird zu schmerzlich sich von Mitleid bewegt fühlen, um mit rücksichtsloser Feder gewisse

---

1) Die Antwort Ulrici's an Wundt, die soeben in Halle in einer Brochüre von 28 Seiten erschienen ist, sucht die Hauptthesen des Leipziger Professors Satz für Satz nach scholastischer Art zu widerlegen, ohne jedoch auch nur eine einzige neue Thatsache zu bringen. Es ist fast ein Beispiel von vernünftelnder Manie. Wir glauben zu wissen dass der Physiologe dem Philosophen nicht weiter antworten wird.

fressende Geschwüre auch nur zu berühren deren verhängnissvolles Umsichgreifen Niemand mehr zu verhindern vermag. Statt aber Ulrici zu
widerlegen, wäre es da nicht besser gewesen den Ur:prung und die
historische Entwickelung der Gedanken auseinander zu setzen zu deren
Herold er sich gemacht? Eben so gut wenigstens, denn Ulrici widerlegt
man nicht. Wenn ein alter Professor der Philosophie in seinem vier-
undsiebzigsten Jahre plötzlich alle Prinzipien der Wissenschaften abschwört, um sich auf Tod und Leben in die Offenbarungen der Klopfgeister zu stürzen, so müssen wir wohl zugeben, dass diese letzte Evolution schon von langer Hand her vorbereitet gewesen sein muss, dass
sie die Folge von eingewurzelten, veralteten Methoden und Denkgewohnheiten ist: denn ohne Prädisposition dazu wird man ebensowenig Spirite
als ein Irre.

Die Geschichte der Gedanken und Anschauungen Ulricis und der
Philosophen seiner Schule hätte er schreiben sollen und nicht eine Kritik
seiner Art Schlüsse zu ziehen; denn Ulrici bildet seine Schlüsse sehr
gut, sein Schlussvermögen ist ein ausgezeichnetes und wenn seine Fol-
gerungen falsch sind, so kommt das nur davon dass seine Prämissen
irrthümlich waren. Ulrici's Logik ist so korrekt, es ist so wahr, dass er
über einen abschüssigen Weg zu seinen gegenwärtigen Ideen gelangt ist,
dass man sich oft wundert wie nicht alle Spiritualisten zu Spiriten
werden müssen.

Alle spiritualistischen Schriftsteller die beherrscht von wissenschaftlichen Denkgewohnheiten oder bezwungen von der Macht ihrer gesunden
Vernunft die direkte Uebertragung der Gedanken, den Verkehr mit
Geistern, die Wirkung in die Ferne durch den blossen Willen läugneten,
waren ganz einfach inkonsequent. Und in der That erklärt nicht einer
jener geistreichen Schriftsteller dessen klarer Verstand, dessen feine und
heitere Ironie, ja dessen fast weltliche Frivolität Einen glauben machen
könnten er habe geschrieben, als Fontenelle diktirte, Hr. Ernst Bersot, —
erklärt er nicht als guter Spiritualist dass der „direkte Verkehr von
Geist zu Geist an und für sich nichts Anstoss Erregendes habe."[1]) Wenn
er nun dennoch, so wenig als Herr Alfred Maury, nicht an die Wahr-
sagungsgabe glaubt welche einem Somnambulen oder einem Medium zu
wissen gestatte was wir in unserem Geiste hegen, in unseren Gedanken
zu lesen, die Zukunft vorherzusagen oder die Geheimnisse der Natur zu
entdecken, so komme diess, sagt er, daher weil bei dem Zustande der
Welt so weit wir ihn kennen, die Geister sich stets nur in und durch
die leiblichen Organe manifestiren und weil nur Leute die wenig Glauben
verdienen, wie etwa die Hexenmeister, dieselben im Mondscheine hätten
herumreiten sehen.

Aber ich kenne kein Zugeständniss, das den gemeinen Verstand
härter ankäme, besonders bei den Spiritualisten die sich auf ihre strenge
Logik so viel zu gute thun. Das bemerkte auch Dühring mit allem

---

1) E. Bersot, „Mesmer, le magnétisme animal, les tables tournantes et les Esprits." 4 Aufl.
Paris, Hachette 1879. S. 284.

Rechte, der sogar eine förmliche Parallele zieht zwischen dem Spiritismus und der Metaphysik. Diese, sagt er, glaubt an eine Seele die aus dem Leibe entflieht wie der Vogel dem Käfig; der Spiritismus seinerseits glaubt nicht an den Tod der Individuen, sondern nur an einen einfachen Kleiderwechsel und lässt bei seinen Zusammenkünften die Lebendigen und die Seelen der Abgeschiedenen bunt durch einander erscheinen. [1]) Wie kann man nach der Hypothese der spiritualistischen Philosophen behaupten dass so verschiedengeartete Substanzen wie Leib und Seele sich gegenseitig darin begrenzen und widersprechen dass sie an einander gekettet sind? Wer hindert die immaterielle Seele die unendliche Welt zu durchschweifen und selbst in die geheimnissvollen Tiefen der vierten Dimension einzudringen, während der beschwerte Leib in die Bewusstlosigkeit eines traumlosen Schlafes versenkt ist? Das ist eben der alte spiritualistische Glaube unserer entferntesten Vorfahren und ich finde dass die Männer der Schule sehr Unrecht hatten an diesen alten Dogmen unserer Vorväter so sehr zu künsteln.

Oeffnen wir jene Bibel des menschlichen Aberglaubens welche Tylor „uranfängliche Kultur (Primitive Culture)" betitelte, die aber immer noch die Geschichte unserer gegenwärtigen Civilisation enthält, und wir werden darin allen jenen Wunderdingen begegnen welche, nach Ulrici, den Spiritismus unserer Tage auf die Höhe einer wissenschaftlichen Frage heben. Im Hause Zöllners tanzt und fährt Alles in der Luft herum wie in jenen Versen eines alten Autors des sechszehnten Jahrhunderts: „Jch kann die Stühle tanzen und das Geschirr Luftsprünge machen lassen, dass Niemand es wieder zurechtzusetzen vermag, und dazu brauche ich nur meinen Handschuh hinzuwerfen."[2]) Slade braucht sogar nicht einmal seinen Handschuh hinzuwerfen und Stühle, Tische und Büchergestelle krachen, bewegen sich oder erheben sich bis zur Decke vor dem Astronomen und seinen Freunden, die Gegenstände erscheinen und verschwinden, Hände und Füsse irren am Rande der Leuchtertische oder kneifen gar die Beine der ehrwürdigen Kollegen Weber und Fechner unter dem Tische, oder auch eine schwere Klingel fängt von selbst zu schwingen an, oder eine Harmonika deren spontane Melodien an das Piano Mesmers und die Musikdose des Photographen Buguet[3]) der, um die Seelen zu photographiren dieselben heraufbeschwor, oder selbst an die Gespenster Ulrici's erinnern. Das berühmte Medium Home war um Vieles stärker als Slade: nicht Tische sondern seine eigene Person liess sich in die Luft erheben gleich den Heiligen des Brahmanismus, des Christenthums und des Islams. In seinem Buche thun seine Geister ungefähr Alles was die Slade's vollbringen: sie klopfen, sie kitzeln die Leute, schürzen Knoten und lösen sie wieder (stets unter dem Tische) und lassen von ihren Leibern nur Hände oder Arme erscheinen.

Die Schamanen der sibirischen Steppen besitzen offenkundig die

---

1) „Kritische Gesch. der Philosophie" S. 22.
2) Ed. Tylor, „La Civilisation primitive", I, 167.
3) Bekanntlich wurde der Verfertiger der „spiritischen Photographien" vom Boulevard Montmartre 1875 zu einem Jahre Gefängniss und 50 Fr. Geldbusse verurtheilt. Hat er gegen das Urtheil appellirt wie sein Freund Slade?

Fähigkeiten der amerikanischen Medien. Im Mittelalter und in den drei letzten Jahrhunderten unterschieden sich die Zaubereien der Hexen welche Beschwörungen machten und Geister anriefen die ihnen unterthan sein sollten, kaum von den Praktiken unserer modernen Spiriten. Zu allen Zeiten ist das Krachen im Holz oder die Klopfschläge im Gemäuer „Klopfgeistern" zugeschrieben worden und Siamesen und Singalesen sind hier ganz derselben Meinung mit Ulrici. Betreffend die Schriften der englischen und amerikanischen Spiriten, so äussert sich Tylor folgendermassen darüber: „Trotz der Religionsunterschiede welche China und England trennen, ist die „Kunst der spiritischen Korrespondenz" in beiden Ländern vollkommen die nämliche." Das Stück mit den geschürzten und gelösten Knoten in welchem Zöllner die schlagende Bestätigung seiner Theorie von der vierten Dimension wollte gefunden haben, steht nicht nur auf dem gewöhnlichen Repertoir der Brüder Davenport: es wird auch von alten und modernen Wilden ausgeführt.

Soll ich von den Fussabdrücken auf Mehl oder Asche reden, wodurch man sich von der Gegenwart der Geister vergewissern wollte? Auch hier sind Zöllner der dieses feine Experiment ausgedacht, um sich zu versichern dass er nicht träumte, die Eingeborenen der Philippinen zuvorgekommen.[2]) Die konvulsivischen und epileptischen Erscheinungen bei Slade waren schon im ganzen Alterthum die eigentlichsten Zeichen der Besessenheit: in der That ist das Medium, wie der Prophet, der Wahrsager oder Priester, nichts als ein einfaches Instrument welches dazu bestimmt ist, die Gedanken die ihm die Geister, die Dämonen oder die Götter eingeben, auszudrücken. Nun ist nach dem Volksglauben der Seher um so mehr inspirirt, je mehr er um sich schlägt, das Gesicht verzerrt, mit dem Munde schäumt — unter der Gewalt jener gefährlichen Wesen. Die wahre Ursache aber dieser Phänomene bei den Zauberern und Medien ist fast immer ein übermässig nervöses Temperament. Tylor sagt von den äusserst nervösen Wahrsagern eines Karischen Distrikts, sie gäben bewundernswerthe Medien ab: „Im Augenblicke wo sie ihre Orakel aussprechen, fallen sie in Krämpfe." Auch die Wahrsager der Zulus sind in dieser Beziehung, wie es scheint, sehr bemerkenswerth. Bei den Patagoniern werden die Fallsüchtigen sämmtlich zur Würde von Zauberern erhoben. Die Schamanen der sibirischen Stämme sehen darauf für den geistlichen Stand, ich will damit sagen für ihr Priesterthum, Kinder zu wählen die Krämpfen unterworfen sind. Kurz, der Erblichkeit in heiligen Funktionen hat bei einem grossen Theile des Menschengeschlechts oft die Erblichkeit gewisser Nervenkrankheiten zu Grunde gelegen. „So, schliesst Tylor, begannen von dem ersten Tagesgrauen der Civilisation unglückliche Kranke, enthusiastische Fallsüchtige auf ihre gesunden Landsleute einen bedeutenden Einfluss zu üben, einen Einfluss den sie übrigens nie und zu keiner Zeit auszuüben aufgehört haben."

----

[1]) Tylor a. a. O. I, S. 182.
[2]) Ebendas. S. II. 256 f.

Man sieht, die famosen „wissenschaftlichen" Sitzungen denen Zöllner und einige seiner Freunde (warum fand sich nicht auch Perty ein?) sich rühmen beigewohnt zu haben, sind weiter nichts als Scenen aus dem Alltagleben der Rothhäute Nordamerika's oder der südafrikanischen Neger. Aber ich bin im Irrthum: man behauptet Slade hätte die Kraft besessen die Magnetnadel abzulenken und dies ist allerdings ein Stück das die Regenmacher noch nicht kennen. Nichts scheint einen so grossen Eindruck auf Zöllner gemacht zu haben. Ulrici nahm davon Notiz, um den Hochmuth der Gelehrten zu demüthigen und eine neue Physik zur Geltung zu bringen. Nur ein Beispiel. Im Laufe der Sitzungen Slade's verschwanden gewisse Gegenstände, ein Federmesser z. B. und kamen dann plötzlich wieder zum Vorschein. Um sich diese Art von Kunststück zu erklären, fragt sich Ulrici allen Ernstes, ob nicht etwa die elektromagnetischen Kräfte im Stande wären die Atome der Körper plötzlich zu trennen und wieder zusammenzufügen? Was mich betrifft, so neige ich mich mit Wundt zu der Ansicht dass es, um den Zauber der magnetischen Kraft Slade's zu bannen, genügt hätte, einen Blick in seine Rockärmel zu werfen. Wie es sich indessen damit verhalten mag, diese magnetischen Experimente waren einfache Aufwärmungen derjenigen mit den Sensitiven Reichenbach's und im Besondern derjenigen die Madame Ruf 1867 vor Theodor Fechner machte. Man erlaube mir hier eine längere Stelle aus dem Buche[1]) eines hervorragenden Naturforschers, Oskar Schmidt, anzuführen die sich auf diese Sensitiven Reichenbach's, des Erfinders und Enthüllers des Od bezieht:

„Es ist etwa 20 Jahre her dass ein Chemiker der sich durch mehrere schöne Entdeckungen bekannt gemacht, Herr Baron v. Reichenbach, eine Kraft erfand die er Od nannte und die dem thierischen Magnetismus zur Stütze dienen und ihn gleichzeitig durch ein höheres allgemeines Princip erklären sollte. Der Schauplatz dieser Od-Studien war vorzugsweise Wien, die Wiege des Mesmerismus, der Phrenologie und anderer Possen der modernen Zeit. Die redenden Puppen und Marionetten an denen Reichenbach die Erscheinungen der neuen Kraft studirte, waren meistentheils junge und alte, exaltirte und nervöse Grazien der österreichischen Hauptstadt. Das Od war von derselben Natur wie die Electricität, das Licht und das was man im Allgemeinen die imponderabeln (unwägbaren) Kräfte oder Fluide nennt. Um mit dem Tast- und Gesichtssinn die Wirkungen des imponderabeln Elements wahrzunehmen das aus Krystallen, Steinen, Pflanzen, lebenden oder verwesenden Thieren und aus der ganzen physischen Welt ausströmt, musste man ein besondere Empfänglichkeit, eine spezielle Reizbarkeit besitzen, — man musste „sensitiv" sein."

„Ich übergehe die eingebildeten Eigenschaften dieses Fluids und die verschiedenen Weisen in denen es sich den Sensitiven kundgab; eine in's Einzelne gehende Vergleichung des thierischen Magnetismus mit dem Od würde uns zu weit führen. Ich ziehe es vor, indem ich mich dabei auf

---

1) „Erinnerungen an die letzten Tage der Odlehre und ihres Urhebers." Leipzig 1876.

das Zeugniss und die Versuche eines Augenzeugen, Dr. Vogel, stütze,
zu zeigen wie weit man sich auf die Aufrichtigkeit und Wahrhaftigkeit
der Medien aller Art verlassen darf. Vogel erzählt nun, er sei in ein
ganz dunkles Zimmer getreten, worin sich eine der sensitiven Damen
befand die er untersuchen sollte.

„Als ich mich ihr näherte, sagt er, so versicherte sie mir sie sehe
an meinen Händen und um meinen Kopf einen Lichtschimmer. Ich bat
sie darauf mir die Bewegungen die ich mit dem Kopfe ausführte, anzu-
geben: sie sagte aus, dass diese Bewegungen bald nach links, bald nach
rechts stattfänden; nun hatte ich aber in Wirklichkeit meinen Kopf gar
nicht bewegt. Reichenbach wollte die Sehkraft der Dame prüfen,
indem er sich rücklings von ihr entfernte. Als er sechs Schritte gemacht, sagte sie: „„Jetzt sehe ich nichts mehr.“„ Ich wiederholte das
Experiment, entfernte mich jedoch nur um kaum zwei Schritte, indem
ich mit den Füssen auftrat, als ob ich ginge: „„Jetzt, rief die Sensitive,
sehe ich Sie nicht mehr!“„ — Eines Abends fand ich einige Damen
und Herren in dem Dunkelzimmer. Mit einem Herrn machte ich Versuche über das Phosphoresziren der Hände; er konnte mir keine genauen
Angaben über die Bewegungen meiner Hände machen: er sagte, der
Schein bleibe oft an derselben Stelle und oft wechsle er. Plötzlich rief
er aus: „Jetzt erblicke ich Ihre Hand ganz deutlich!“ Ich bat ihn sie
zu fassen. Er griff nur in die Luft: ich hatte beide Hände in die
Taschen gesteckt. — Die Sensitiven behaupteten eine läutende Glocke
zu sehen. Ich breitete ein Taschentuch zwischen ihren Augen und der
Glocke aus, und eine der Damen sagte dann die Glocke sei nicht mehr sichtbar. Ich hielt das Taschentuch niedriger, um die Glocke wieder sichtbar werden zu lassen, wenn sie es überhaupt werden konnte. Indessen Niemand
sah sie! aber gleichzeitig fühlte ich dass man an meinem Taschentuch
zupfte und ich ergriff zwei Hände. Bevor sie antworteten, waren die
Sensitiven mit den Händen in der Luft herumgefahren, hatten das Taschentuch gefühlt und im Glauben dasselbe verberge noch die Glocke, erklärt,
sie sei noch immer unsichtbar. — „„Ja, ja, sagte Reichenbach, bei mir
gelingen die Versuche immer; mit den Fremden selten oder nie.“„ So
hatte also ein Theil der Sensitiven, um sich interessant zu machen,
einfach gelogen; eine andere hatte subjektive Lichterscheinungen wahr-
genommen — das Phosphoresziren der Augen — d. h. eine Reproduktion
von Lichteindrücken im Gehirn. Dass diese Empfindungen sehr allgemein sind, besonders wenn man aufgeregt ist und lebhaft etwas zu
sehen wünscht, darauf war Reichenbachs Aufmerksamkeit nicht gerichtet
gewesen.“[2])

Diese trefflichen Bemerkungen entbinden uns des Nähern auf den
Charakter und den moralischen Werth der meisten Medien einzutreten,
denn Alles was soeben von den Sensitiven erwähnt worden, gilt auch
von den Anhängern des Magnetismus und Spiritismus. Betrüger — sie
sind es oft gewesen; man würde sich aber als sehr frivol erweisen und

---

[2]) „Die Naturwissenschaften und die Philosophie des Unbewussten.“ (Von Jules Soury und
Eduard Meier in's Französische übersetzt. Paris Germer Buillière 1879.)

wenig Psychologie verrathen, wenn man behauptete sie seien es immer, weil sie es zuweilen sind. Das Bewusstsein verträgt zu viel Unbewusstes wenn ich so sagen darf, es ist etwas zu Zusammengesetztes und zu Dunkles beim Gläubigen wie beim Gelehrten selbst, als dass man auf dasselbe unsre naiven moralischen Formeln und die klassischen Unterscheidungen von Ehrlichkeit und Unehrlichkeit anwenden dürfte. Nicht dass der Mensch nicht zu gewissen Stunden Wahrheit und Irrthum deutlich genug unterschiede, — d. h. das weniger Dunkle vom Dunklern; allein die kritischen Geister die sich fortwährend gewissermassen über diesem Meer der Illusion zu erhalten vermögen, das unser Element ist, bilden eine verschwindende Minderheit und die Uebrigen tauchen wieder in dasselbe unter.

Häckel hat, als er gerade von Slade und den Leipziger Natur-forschern sprach, diese dunkle und mystische Seite der Menschenseele beleuchtet: „Wir haben vor einigen Monaten zu unserer Bestürzung den amerikanischen Spiriten Slade — der, nachdem er bei den Engländern sich durch seine Geisterbeschwörungen ein grosses Vermögen erworben, endlich entlarvt und als ein gemeiner Betrüger erkannt wurde, — sein Handwerk mit demselben Erfolg in Deutschland fortsetzen sehen und es ist ihm gelungen selbst einige hervorragende Physiker hinter's Licht zu führen. Und sucht bekanntlich nicht eine besondere spiritische Li-teratur die durch zahlreiche Journale vertreten wird, diesen schmählichen Charlatanismus mit dem Mantel der Wissenschaft zu bedecken? Im Zeit-alter der Eisenbahnen und Telegraphen, der Spektralanalyse und des Darwinismus, im Jahrhundert der monistischen Naturerklärung — wie soll man sich da diese Rückfälle in den finstern Aberglauben des Mit-telalters erklären? Sie lassen sich mit jener dunkeln und mystischen Seite der Menschenseele, mit jener unbewussten Neigung zum Ueber-natürlichen und Wunderbaren erklären die der religiöse Aberglaube seit Jahrhunderten sorgfältig unterhalten hat. Gewiss, diese mystische Neigung hat nur deswegen so tiefe Wurzeln in uns geschlagen, weil sie im Laufe der Jahrhunderte durch Erblichkeit gefestigt ward, weil sie fortwäh-rend gekräftigt und bestätigt wurde durch angebliche Offenbarungen, d. h. durch pathologische Anpassungen gegenüber der Seele.[1])

Diese pathologischen Anpassungen an die Seele, wie Häckel die Religionen nennt, haben wirklich die grösste Verwandtschaft mit dem Spiritismus, und zwar noch heutzutage trotz dem Bannfluche und den Beschwörungsformeln der Kirchen. Der Priester gedenkt seines Ur-sprungs: nur mit dem Munde verleugnet er die Wahrsager, die Zau-berer und Geisterbeschwörer, — im Herzen ist er in's Geheim mit ihnen. Als die gesammte liberale Presse Berlins Slade denunzirte und ihn der gerichtlichen Verfolgung überlieferte, da fand das amerikanische Medium Verbündete und Fürsprecher in den religiösen Blättern, beson-ders in der „Germania" die mit den Klopfgeistern auf bestem Fuss zu stehen scheint. Und so ist es immer. „Als die Petition der amerika-

---

1) Häckel, Zellular-Psychologie. (Französ. Uebersetzung von Jul. Soury. Paris. Germer Baillière 1880. S. 100.)

nischen Spiriten erschien, erzählt Hr. E. Bersot, beeilte sich das „Univers religieux" (22. Januar 1853) dieselbe zu übersetzen und begleitete sie mit ernsthaften Betrachtungen." Der Pater Ventura hat ausdrücklich erklärt, dass der Spiritismus in unserm Jahrhundert eine glänzende Rechtfertigung des Evangeliums und des christlichen Glaubens und besonders eine Verherrlichung jenes christichen Mittelalters gewesen sei das so sehr von denjenigen verläumdet werde die über seine Leichtgläubigkeit lachen, — gleichzeitig aber auch eine endgültige Verurtheilung des Rationalismus der von nun an durch Thatsachen zu Boden geworfen sei! Kurz, die Mehrzahl der katholischen, protestantischen und jüdischen Gläubigen sind im Grunde und in's Geheim dem Spiritismus wohlgesinnt, denn, wie Herr Bersot sehr gut sagte, „man kann Alles brauchen."

Ihrerseits wiederum sind die Philosophen von der Schule Ulricis sehr befriedigt dass die angeblichen spiritischen Phänomene an deren Thatsächlichkeit sie, ohne weiteres abzuwarten, festhalten, sich mit allen bekannten Thatsachen der Wissenschaft in Widerspruch befinden. Die mechanische Anschauungsweise reicht nicht mehr aus, rufen sie im Chor mit Hartmann, dem Magier des Unbewussten; weit entfernt von einem blinden, verhängnissvollen Mechanismus beherrscht zu werden, vereinigt sich Alles auch den Blindesten zu beweisen dass die Naturkräfte bewussten Willensmächten, intelligenten Wesen gehorchen.[1]) Auch für Ulrici sind die spiritischen Manifestationen unserer Zeit gleichsam Vorzeichen der Züchtigung die über unsre Gesellschaftskreise ohne Moral und ohne Gott hereinbrechen werde, gleichsam wenigstens eine Warnung der Vorsehung welche, da sie über keine Einfälle von Barbaren mehr zu verfügen hat, um die Zivilisation zu retten, wie diess in den letzten Tagen des römischen Reichs geschehen, dafür jetzt um uns herum Wunderdinge häuft, den ruchlosen Hochmuth der Gelehrten zu nichte macht und uns als Apostel des neuen Glaubens Legionen von amerikanischen Medien zu Hülfe sendet. Nach P. Ventura sollte der Rationalismus in diesem letzten Kampfe unterliegen, nach Ulrici der Atheismus und Materialismus, denn — „man kann Alles brauchen."

So erscheint denn immer wieder das alte Bündniss oder vielmehr die fundamentale Identität des Spiritismus und Spiritualismus, der Zauberei und der Religionen. Jene Weltanschauung die sich ziemlich gut in dem Wort „Animismus" zusammenfassen lässt, ist in unsern Tagen nur noch ein Fall von intellektuellem Atavismus (Neigung zum Urtypus zurückzukehren), ein unbewusstes Fortleben der Vorstellungen unserer entferntesten Vorältern, das Zeichen einer Zivilisationsstufe über welche die Wilden unserer Tage noch nicht hinausgekommen sind. Die Lehre von den geistigen Wesen ist es welche Tylor unter dem Namen „Animismus" so gut studirte, — ein Glaube welcher den eigentlichen Kern der spiritualistischen Philosophie bildet, insoweit er der materialistischen entgegengesetzt ist."[2])

---

1) Ulrici, „Zeitschrift f. Ph. und ph. Kr. S. 263. —
2) „La Civilisation primitive" I, 493. —

Während diese letztere alle Phänomene auf Naturgesetze zurückzuführen sucht die nichts anderes sind, als der abstrakte Ausdruck der fortwährenden und allgemeinen Beziehungen der Dinge, soweit wir sie beobachten können, während alle und jede Wissenschaft alle Probleme auf Fragen der Molekular-Physik zurückzuführen sucht, d. h. auf die Bewegungen der letzten Theilchen der Materie, sind die Spiriten bestrebt gleich den Wilden den Grund und die letzte Erklärung der Naturerscheinungen in der Dazwischenkunft der Geister zu suchen. „Denken wir uns, sagt Tylor, einen Indianer Nordamerika's der einer spiritischen Sitzung in London beiwohnt. Gewiss würde sich dieser Indianer mitten unter diesen Geistern die ihren einstigen Leib verlassen haben und nun ihre Gegenwart durch das Ertönen von Stimmen und andre physische Handlungen kundgeben, keineswegs unheimlich fühlen; denn dies Alles bildet einen integrirenden Bestandtheil seiner Naturanschauung." Alle diese Anrufungen von abgeschiedenen Seelen die täglich von 500,000 Medien auf unserm Planeten vorgenommen werden; alle diese Gespenstergeschichten die sich heute einer so grossen Gunst erfreuen, und zwar nicht nur beim gewöhnlichen Volke, sondern selbst im Laboratorium gewisser Physiker, verkündigen sie nicht eine Religion der Zukunft, eine Art Manen-Kult, von Todtenbeschwörung nach der Weise der Chinesen, der bestimmt wäre die täglich öder werdende Leere auszufüllen welche das fortschreitende Erlöschen der Religion des Nazarener's in vielen Seelen hervorbringt?

Ich weiss es nicht, aber welches Schicksal auch die Zukunft diesem alten Aberglauben vorbehält, es giebt nicht und kann nicht geben — mögen Zöllner und Ulrici denken was sie wollen — eine „wissenschaftliche Frage" des Spiritismus. Nicht erst in unsern Tagen ward durch das Organ der physikalischen Gesellschaft der St. Petersburger Universität diese angebliche Doktrin als gemeiner „Aberglaube" erklärt. (1876.) Seit Ende unseres grossen französischen achtzehnten Jahrhunderts haben von der Regierung zur Prüfung des „thierischen Magnetismus" ernannte Kommissionen, Kommmissionen der Akademie der Wissenschaften, der medizinischen Fakultät und der königl. medizinischen Gesellschaft auf das Nichtsein jenes Fluids geschlossen und die bei nervenschwachen Individuen die gewöhnlich einen Mesmer und Slade besuchten, beobachteten Wirkungen auf gewisse Geisteszustände wie Einbildungskraft und Nachahmung, auf gewisse Kunstgriffe der Berührung (pratique d'atouchement) zurückgeführt.

Als ein Theil Europas — und man muss es anerkennen, denn es ist die Wahrheit, — als Deutschland und England dem abschüssigen Weg ihres mystischen Genius folgten und ihr Ohr der falschen empirischen Wissenschaft einiger Charlatans liehen, da ehrte Frankreich sich selbst und den menschlichen Geist dadurch dass es die Eitelkeit des Mesmerismus der Welt vor Augen führte. Als der Hof und die ganze Stadt zum Baquet Mesmers liefen, da begegneten sich ein Kritiker — La Harpe, ein Philosoph — v. Holbach, Gelehrte — Barthollet, Lavoisier, Bailly u. a. m. welche, Dank der Klarheit ihres Geistes und der Sicherheit ihres Urtheils, nicht nur nicht sich täuschen liessen, sondern auch das System ruinirten. Es giebt keine Zeit und keine Umstände wo die wunderbaren Eigenschaften des französischen Geistes sowohl in Bezug auf Vernunftschlüsse als auf Kritik, sich kräftiger und zugleich mit graziöserer Ungezwungenheit entwickelt hätten. Seit jener Zeit wurden die Akademie der Wissenschaften und die medicinische Akademie sehr oft angegangen ihre Entscheidung über Fragen dieser selben Art abzugeben: aber die Wunderstücke der Magnetiseurs, das Hellsehen der Somnambulen und die Offenbarungen der Spiriten verblassten jedesmal gleich eiteln Schattenbildern vor der kritischen Prüfung unserer Physiker und Aerzte. Der Spiritismus ist eben wie — ein Dupont-White vom Spiritualismus sagte — nur eine „Jugendeselei der jetzt werdenden „Welt."

Jules Soury.

An Herrn C. v. Rappard,
Redakteur des psychologischen Sonntagsblattes „Licht, mehr Licht".

Lieber Kollege!

Sie fragen mich, was ich von dem in der „Republique française" vom 7. und 10. Oktober enthaltenen Artikel „Spiriten und Gelehrte" halte und laden mich ein denselben in Ihrem geschätzten Blatte zu beantworten. Ich thue es gerne, zunächst um im Namen der misshandelten Wahrheit Protest einzulegen und sodann weil ich Lehre und Glauben des Spiritismus theile, wenn ich auch nicht die Schlussfolgerungen desselben in Bezug auf die Dazwischenkunft der Geister theile und mir hierüber mein eigenes Urtheil vorbehalte.[1])

Jener Artikel wo man sich zwei berufene Männer, den einen in Deutschland, den andern in Frankreich, verbinden sieht, um den Spiritismus zu Falle zu bringen, hat ganz den moralischen Werth eines Tendenzprozesses. Offenbar war es eine längst beschlossene Sache. Wenn Herr Wilhelm Wundt Ja sagte, so überbot ihn Herr Jul. Soury und rief: schagt ihn todt! Den Ossa auf den Pelikon: Das ist eine schwere Last und in der That wenn der Spiritismus sich von dem Schlage nicht zerschmettert sieht, so wird man wohl einräumen müssen dass der Geist nicht so ganz und gar dem Gesetze der Schwere unterworfen ist und dass es noch etwas Anderes in der Welt giebt, als den rohen Stoff.

Man beachte dass die vorliegende Frage alle Ansichten und Glaubensrichtungen interessirt die nicht ausschliesslich dem Materialismus huldigen, denn Hr. J. Soury verfolgt mit dem nämlichen Bannfluche sowohl den Spiritismus oder Experimental-Spiritualismus als den metaphischen Spiritualismus, den Animismus in allen seinen Gestalten und alle Lehren die, ob im Namen der Vernunft und Moral, ob im Namen des religösen Glaubens auf Unterblichkeit der Seele schliessen. Lassen wir ihn selbst reden: „Jene Weltanschauung, sagt er, die sich so ziemlich in dem Worte „„Animismus‘‘‘ zusammenfassen lässt, gehört nicht mehr unserer Zeit an, ist ein intellectueller Atavismus, ein unbewusstes Wiederaufleben der Vorstellungen unserer entferntesten Vorältern, das Zeichen einer Zivilisationsstufe die von den Wilden unserer Zeit noch nicht überschritten ist."

So wären denn die welche, wie wir selbst, das Universum als einen unendlichen beseelten, lebendigen Organismus begreifen, der sich selbst in der Einheit einer bewussten Vernunft besitzt die alle Beziehungen beherrscht, um sie zu einem der unendlichen Gesammtheit der

---

Wesen entsprechenden Zweck zusammenwirken zu lassen — nach der bekannten Definition des Princips der Solidarität: „Alle für Einen und Einer für Alle“ — —, so wären denn diese noch nicht über den Standpunkt der Wilden hinausgekommen. Um, wie Häckel sagt, des Lebens würdig zu sein im Zeitalter der Telegraphen und Eisenbahnen, der Spektral-Analyse und des Darwinismus, im Zeitalter der Naturerklärung nach monistischer Anschauungsweise (sic!), muss man die mechanische Weltanschauung sich zu eigen machen, jeden Endzweck aus der Natur verbannen und überall an die Stelle der Endursachen die blinde Nothwendigkeit setzen. Denn, fügt Herr Julius Soury hinzu, denn die moderne Morphologie ist nicht nur mit dem Glaubenssatz der Schöpfung, sondern auch mit dem einer Vorsehung oder eines unbestimmten idealistischen Pantheismus nach der Art Hegels, Schoppenhauers oder Hartmanns unvereinbar.[1])

Was den metaphysischen Spiritualismus der Schule betrifft, so ist derselbe, wie uns Herr Soury ebenfalls sagt, inkonsequent, wenn er nicht in dem Glauben an die Geister ausmündet und er erinnert hierbei an die gut spiritualistische Erklärung des Herrn Bersot, dass der directe Verkehr von Geist zu Geist an und für sich genommen für ihn nichts Anstossendes habe.

Ueber diesen Punkt denken wir genau wie Herr Bersot und fügen ausserdem noch hinzu, dass wir hundert Mal diese Thatsachen durch den Magnetismus bestätigt gefunden haben. Der Gedankenverkehr zwischen dem Magnetiseur und dessen Subjekt ist allgemein bekannt und darf ohne weiteres als wissenschaftliche Errungenschaft angesehen werden.

Man rede aber Herrn Jules Soury ja nicht von den Phänomenen des Magnetismus, des Somnambulismus und der Extase. Alle diese psychischen Kundgebungen die so leicht zu veranlassen sind, alle diese seit den hundert Jahren dass die Untersuchung im Gange[2]) ist, so oftmals konstatirten Erfahrungsthatsachen: augenblickliche Katalepsie, physische Empfindungslosigkeit, Vergessenheit beim Erwachen, Vorhersehen und Schauen in die Ferne, Gedankenmittheilung, Entäusserung des eigenen Willens beim Subjekte selbst im wachen Zustande —, alles dies glaubt Herr Jules Soury nicht im Geringsten berücksichtigen zu müssen. Nichts würde ihn zwar hindern diese Erscheinungen mit eigenen Augen zu studiren. Es giebt in Paris eine grosse Zahl von Magnetiseurs die es sich zur Pflicht machen würden ihm dieselben vorzuführen. Allein er zieht es vor sich an die Schlussfolgerungen des Bailly’schen Berichts an die Akademie vom Jahre 1784 zu halten und jene Thatsachen „ge-

---

1) Jul. Soury in der Vorrede zu seiner Uebersetzung von Häckel: „Die Beweise für die Umgestaltungslehre“ (transformisme.)

2) Der Bericht Mesmers „über die Entdeckung des Magnetismus“ ward genau 1779 zu Paris veröffentlicht. Seit jener Zeit und besonders seit der Entdeckung des künstlichen Somnambulismus durch Puységur (1785) hat sich die Praxis des Magnetismus sehr vervollkommnet. Dennoch wird letzterer fortwährend von unseren Akademien sowohl der Wissenschaften, als besonders von der medizinischen verkannt. In den Augen der Akademie der Wissenschaften beging Mesmer das Unrecht in die Erklärung des Kosmus einen Theorie einzuführen, welche die rein mechanische Theorie der Mathematiker in Frage stellte; in den Augen der medizinischen Akademie und aller Fakultäten beging Mesmer ein noch viel grösseres Unrecht: er behauptete, dass der Magnetismus unmittelbar die Nervenkrankheiten, mittelbar fast alle andern Krankheiten heile und dass man somit der Aerzte entrathen könne! Das konnte freilich nicht verziehen werden. —

wisser Zustände des Geistes, wie der Einbildungskraft, dem Nachahmungstrieb, den Berührungen und endlich dem Zustande der Nerven der Subjekte" zuzuschreiben. Allein, mein Lieber, selbt wenn jene Thatsachen durch jene kindischen Ursachen hervorgebracht wären die Sie angeben, so würden sie deswegen nicht minder existiren und es wäre wohl am Platze sie vorerst zu konstatiren. Und dann: was würde man wohl von einem Menschen sagen der, um sich heutzutage über den Stand der Chemie oder der Gewebelehre auf's Laufende zusetzen, sich an ein von den Akademikern des Jahres 1784 erlassenes Urtheil hielte?!

Man darf Herrn Jules Soury nicht der Unwissenheit bezichtigen, wir möchten auch nicht an seiner Ehrlichkeit zweifeln; er wird uns aber gestatten müssen die ganze Unduldsamkeit eines Sektirers bei ihm zu finden und zu sehen wie sein wissenschaftlicher Fanatismus ihn verblendet, wenn er die Spiriten als die natürlichen Verbündeten des Klerikalismus denunzirt. Allerdings bringt er die Spiriten in sehr zahlreiche Gesellschaft, wenn er Alles was in der Welt irgendwie von einem religiösen Glauben angehaucht ist, mit ihnen in Zusammenhang bringt. Geben wir hier seine eigenen Worte: „Jene pathologischen Anpassungen der Seele, wie Häckel die Religionen nennt, haben die tiefste Wahlverwandtschaft mit dem Spiritismus und zwar auch heute noch trotz den Bannflüchen und Beschwörungsformeln der Kirchen . . . Kurz, die Mehrzahl der katholischen, protestantischen und jüdischen Gläubigen sind in's Geheim dem Spiritismus eigentlich wohlgesinnt, denn „man kann Alles brauchen"', wie Herr Bersot treffend sagte."

Eine solche Annahme ist nun offenbar widersinnig, sie ist aber auch sehr ungeschickt und man wundert sich mit Recht sie in einem Blatte auftreten zu sehen das die Einigung der Geister auf dem Boden der Republik vertritt. Man fragt sich warum der edle Gedanke einer gesellschaftlichen Versöhnung der stets die Politik von Gambetta's Blatt inspirirte, nicht auch dessen wissenschaftliche Bestrebungen inspirire und man weiss es sich nicht zu erklären, warum so die dritte Seite, man möchte sagen mit wahrer Freude, die auf der ersten gemachten Anstrengungen wieder zu nichte mache, die Einigung aller Schattirungen der Demokratie aufrecht zu erhalten.

Man ist keineswegs berechtigt alle an den Katholizismus glaubenden und ihn bethätigenden Menschen als Klerikale anzusehen. Man muss die Menschen sehr wenig kennen, wenn man sie nach der Logik der Prinzipien eintheilen wili. Wenn ein Princip falsch ist, so ziehen nur Narren und spekulativ angelegte Köpfe, Gelehrte, Theologen oder Philosophen dessen äusserste Konsequenzen, bis sie nicht mehr weiter können. Glücklicherweise geht aber bei der grössern Zahl der Sterblichen der gesunde Menschenverstand noch über die Logik und es giebt in Wirklichkeit nicht nur einen liberalen Katholizismus, sondern auch eine sehr zahlreiche und jedem Fortschritt zugethane katholische Demokratie. Was die Protestanten und die Juden betrifft, so sind sie sämmtlich, mögen sie nun der liberalen oder der orthodoxen Richtung angehören, von Haus

aus Gegner des Papstthums und folglich auch des Klerikalismus. Sie haben dafür auch ihren Lohn bekommen: man lese die Geschichte!

Allein der Spiritismus wirbt seine Anhänger weder unter den Gläubigen des Katholizismus, noch unter den Juden, noch nnter den Protestanten als solchen, sondern im Gegentheil bei den Freidenkern, und Herr Jules Soury möge wissen, wenn er es etwa noch nicht wissen sollte, dass dieselben, wenn sie Spiriten werden, deswegen keineswegs aufhören Freidenker zu sein. Wir werden ihm dies sogleich erklären, indem wir ihm unter Anführung des Wortlauts nachweisen, in wie fern der Spiritismus in seinen Lehren nicht minder wisssenschaftlich ist, als der Transformismus (die Umgestaltungslehre), dass er, wie dieser letztere, dem Uebernatürlichen geradezu entgegengesetzt ist, das Wunder unbedingt verwirft, besser als es bisher jemals geschehen die Einwirkung der Seele auf den Körper erklärt und alle Verhältnisse und Beziehungen, seien sie physischer oder seelischer, stofflicher oder geistiger Art, den Naturgesetzen und der Vernunft unterwirft. Für jetzt möchte ich nur darauf hinweisen, wie ungeschickt es vom politischen Standpunkt aus betrachtet ist auf solche Weise Leute zum Lager der Reaktion zu zählen die nur d a s Unrecht hätten zu weit vorgeschritten zu sein, wenn sie nicht auch das hätten die Dinge der physischen und vielleicht auch der moralischen Welt anders aufzufassen, als jene Handvoll Gelehrter welche ausserhalb ihres Bereichs als Chemiker, Physiker oder Naturforscher sehr oft nichts als Esel oder verdrehte Seelen sind. Eben darum kann ich mich nicht enthalten hier im Vorbeigehen den vermessenen Eigendünkel eines W i s s e n s c h a f t l e r t h u m s zu brandmarken das sich nicht einmal von seiner Unwissenheit Rechenschaft zu geben weiss bei all seinem Mangel an Methode, an Prinzipien, an Bestimmtheit der Sprache, an Kritorien der Wahrheit, ja an gesundem Menschenverstand und das sich die Intelligenzen im Namen der Wissenschaft zu schulmeistern anmasst, wie Andere es einst im Namen des Glaubens gethan. Die Wissenschaft sollte ihre Rechtgläubigkeit haben? O nein, wir haben so schon der Inquisition genug! Nachdem wir die des Priesters verworfen, wollen wir uns jetzt nicht der des Mandarins unterwerfen. Wir wissen zu gut in welcher Bewegungslosigkeit und Fäulniss der M a n d a r i n i s m u s China seit bald zweitausend Jahren niedergehalten hat.

Es ist mir nicht bekannt ob Herr Jules Soury das ist was man in unsern Tagen einen G e l e h r t e n heisst, — dazu bringt er zwar spanische Dinge genug vor, aber — jedenfalls ist er nicht P h i l o s o p h. Wäre er ein Philosoph, so müsste er wissen dass jede allgemeine Weltanschauung sich in eine gesellschaftliche Praxis zuspitzen muss und er würde dann seine „Umgestaltungstheorie“ auf die zeitgenössische Gesellschaft anzuwenden versuchen. Er würde sich selbst sagen dass, wenn die Umgestaltungstheorie wahr sei, man deren Gesetze sowohl in der Gesellschaftslehre als in der Naturgeschichte befolgen müsse und er würde begreifen dass dann das menschliche Denken und mit diesem die Form der Religion, gleich dem irdischen Leib von den niedrigsten Stufen aus-

gegangen bis zu den höchsten sich erheben müsse, dieses aber nur all-
mälig und Schritt für Schritt thun können. Endlich auch müsste er,
wenn er ein Philosoph wäre, wissen, dass das was er mit seinem Herrn
und Meister Häckel die „pathologischen Anpassungen der Seele" nennt
(d. i. in gemeinem Deutsch: die Religionen), gesellschaftliche Thatsachen sind welche, ob pathologisch oder nicht, sich mit dem geistigen
Zustand der Bevölkerung ändern, und er würde seinen politischen
Freunden den Rath geben die religiösen Vorstellungen so zu nehmen
wie sie in ihrem Entwickelungsgang jetzt einmal sind, um dieselben als
soziale Kräfte — denn in der Politik gilt es nur Kräfte zu verbinden
und zu leiten — in dem nationalen und allgemein menschlichen
Werke mitwirken zu lassen das der Republik obliegt, wobei die Religionen immer in ihrer fortschreitenden Umgestaltung zu unter-
stützen wären im Sinne der ewigen Prinzipien der Vernunft und der
Errungenschaften der Wissenschaft. Uebrigens vollzieht sich diese Arbeit
der Umgestaltung von selbst. Es ist recht, wenn man sie durch Er-
ziehung und Ausbreitung der Bildung unterstützt; aber die Strömung
ist vorhanden und sie wäre unwiderstehlich, würde sie nicht von den
Irrthümern welche die materialistischen Theorien verbreiten, aufgehalten,
— Theorien die sich unter dem Deckmantel der Wissenschaft einzu-
schleichen suchen und diese damit nur entehren. Die wahren Bundes-
genossen des Klerikalismus das sind die Leute welche jene Theorien in
öffentlichen Blättern, in Zeitschriften und in Büchern lehren, von wo
sie dann in die Romane und auf die Theater überströmen, um schliesslich
in die Sitten einzusickern und diese zu verderben.

Denn man täusche sich nicht, jede allgemeine Weltanschauung
welche unfähig ist praktische Motive für das sittliche Leben und eine
positive Bestätigung für die Gesetze des Gewissens zu liefern, kann
nur eine Quelle der Entsittlichung und folglich der gesellschaftlichen
Auflösung sein. In diesem Falle befindet sich der Materialismus eines
Häckel. Die Natur ist bewusstlos; sie kann das sittliche Leben nicht
befruchten. Das hat man genugsam beobachten können bei den Natur-
religionen der Vergangenheit. Nicht dadurch dass ihr in dieselben das
Verhängniss eines Werdens hineintragt, welches uns zum Phänomen
eines Tages ohne ein morgen und zu einem Schauspiel von Thieren macht
die sich gegenseitig auffressen, um leben und ihre bestialischen Gelüste
nach Paarung und Fortpflanzung befriedigen zu können, — nicht dadurch
werdet ihr die Natur zu einem Ideal für den gesellschaftlichen Fortschritt und für die Sittlichkeit zu machen vermögen. Ihr werdet da
nichts finden, als den „Naturismus" des Herrn Zola und die von ihm
so treu wiedergegebenen Sitten, — jene Sitten von Hoch und Niedrig
im Schosse der zivilisirtesten Gesellschaft der Welt.

Indessen müssen wir Diejenigen welche die „That" des Herrn
Jules Soury nicht gelesen haben, mit dem Gegenstande um den es sich
handelt, bekannt machen. Ja, wir hätten damit eigentlich beginnen
sollen.

Die Sache gleicht stark der Einleitung eines Kriminalprocesses.

Man könnte sie etwa „Untersuchung gegen Slade, Zöllner und Mithafte" betiteln. Der Hauptschuldige wäre das amerikanische Medium Slade, angeklagt Blendwerk und Zauberei angewandt zu haben, um an das Dasein von Geistern glauben zu machen. Der Astronom Zöllner wäre angeklagt der Mitschuld, indem er eingebildete Dinge als wirklich veröffentlicht hätte, und nach ihm wären mehrere Gelehrte, namentlich die Professoren W. Weber und Th. Fechner angeschuldigt des falschen Zeugnisses, indem sie die Wirklichkeit der von dem genannten Zöllner beschriebenen Phänomene bezeugt hätten. In Betreff dieser beiden Persönlichkeiten macht die Anklage darauf aufmerksam, dass Zöllner „bei den Experimenten welche er angeordnet zu haben meint — dieses „meint" ist köstlich! — jene berühmten Gelehrten nie als Zeugen seiner Experimente aufzuführen vergesse, und in der That das Zeugniss solcher Männer würde des Gewichtes nicht ermangeln, wenn — der' eine nicht sechsundsiebzig und der andere gar neunundsiebzig Jahre zählte."

Man muss der Anklage allerdings Dank wissen dass sie das vorgerückte Alter der beiden hervorragenden Physiologen angiebt, als müsse dasselbe den Werth ihres Zeugnisses abschwächen. Sie liefert damit der Vertheidigung mildernde Umstände welche dieselben ohne Zweifel nicht verfehlen wird zu ihren Gunsten geltend zu machen. Denselben Edelmuth und die nämliche Nachsicht beweist die Anklage gegenüber dem greisen Philosophen Ulrici der soeben in Halle eine Broschüre von 28 Seiten herausgegeben, in der er es wagt die Vertheidigung Zöllners zu übernehmen und für die Ehrlichkeit Slades einzustehen. Statt Ulrici in's Recht zu nehmen, begnügt man sich auf eine Gehirnerweichung zu schliessen die sich aus seinem hohen Alter und den metaphysischen Gewohnheiten seines Denkens erkläre. „Man widerlegt Ulrici nicht, sagt Herr Jules Soury mit aller Entschiedenheit, denn Ulrici raisonirt ganz vortrefflich, sein Schlussvermögen ist ein ausgezeichnetes und wenn seine Schlüsse falsch sind, so kommt das nur daher dass er von irrigen Prämissen ausgegangen ist; aber — natürlich giebt es auch hier ein Aber — wenn ein alter Professor der Philosophie in seinem vierundsiebenzigsten Jahre plötzlich alle wissenschaftlichen Prinzipien abschwört, um sich auf Tod und Leben in die Offenbarungen der Klopfgeister zu stürzen, so müssen wir wohl einräumen dass diese letzte Evolution von langer Hand her vorbereitet gewesen sein müsse, dass sie die Folge von tief eingewurzelten Methoden und Geistesgewohnheiten sei, denn — ohne vorherige Empfänglichkeit wird man ebensowenig ein Spirite, als ein Narr."

Was Zöllner betrifft der noch jung ist, so kann für ihn keine andre Entschuldigung gefunden werden, als seine Empfänglichkeit für die Narrheit. „Jeder, schreibt der liebenswürdige Verfasser der Anklageschrift — der die Zeilen liest welche der gelehrte Astronom der Vertheidigung Henry Slade's gewidmet hat, wird ein zu schmerzliches Mitleid empfinden, als dass er, wenn auch nur mit einer indiskreten Feder, gewisse fressende Geschwüre berühren möchte, deren verhängnissvolles Umsichgreifen aufzuhalten in keines Menschen Macht mehr liegt." Liebes Herz, was willst du mehr! Und doch fährt Herr Jules einige Zeilen weiter unten fort: „dieser mächtige Denker werde vielleicht im Illuminismus und in hellem Wahnsinn enden", und der von Zöllner oft angeschlagene lyrische Ton, sein Gebet zum Vater des Sternenhimmels, einige leichte Zusammenhangslosigkeiten im Vortrag, die periodische Wiederkehr der nämlichen Redensarten und Gedanken, Alles, diess scheint an einem Geisteszustand zu erinnern der übrigens allerdings eine zeitlang mit einer fruchtbaren wissenschaftlichen Thätigkeit im Gebiete der Astralphysik zusammenbestehen kann."

Und dennoch, man wird uns wohl Recht geben, wenn wir diess eine seltsame Art nennen im Gebiete der Gedanken Kritik zu üben. Statt sich die Mühe zu nehmen die Thatsachen, die Grundsätze, die Schlüsse der Gegner zu prüfen und das Irrige ihrer Behauptungen nachzuweisen, plädirt man auf Narrheit oder Blödsinn. Weber und Fechner mit Gehirnerweichung behaftet? Ulrici nicht miuder? Zöllner auf dem Wege in's Irrenhaus?! Bereits hatte Herr Jules Soury aus einer Entfernung von achtzehn Jahrhunderten die Entdeckung gemacht dass Christus einen Anfall von Geisteszerrüttung hatte, als er seine Bergpredigt hielt und als er die Verkäufer aus dem Tempel trieb und dass nur „der Galgen ihm vom Wahnsinn rettete." Ist denn das Alles wirklich ernstlich gemeint? Handelt es sich etwa um eine Wette oder sollte gar Herr Jules Soury selbst von einer Monomanie befallen sein?

Nachdem so die Mitschuldigen Slade's verächtlich von der Instanz entlassen sind in der Erwartung dass sie abgesetzt werden, — was wird nun mit dem Hauptangeklagten, dem eigentlichen Urheber des Skandals geschehen?

In Bezug auf diesen beruft man sich auf das von Häckel in seinem letzten Buch[1]) über ihn gefällte Urtheil und führt dessen Ausdrücke an. Slade, erklärt man ohne Weiteres, „ist nur ein gemeiner Betrüger welcher, nachdem er bei den Engländern sich ein grosses Vermögen erworben, sein Handwerk als Gauner nun in Deutschland forttreiben möchte.

Da sehen wir also einen Unglücklichen der sich nicht vertheidigen kann, weil er vor einem Jahre nach Australien ging, und der jetzt vor aller Welt feierlich gebrandmarkt dasteht.

Wisst ihr aber auch, meine Herren, dass dies eine schlechte Handlung ist und dass ihr durch nichts berechtigt seid ein solches Brandmal einem Manne aufzudrücken der wahrscheinlich kein anderes Unrecht begangen, als dass er Geld verdiente, wie ihr selbst, meine Herren Professoren, Mediziner und Kritiker, es ebenfalls thut, indem ihr dem Fortschritt der Wissenschaft dient! Nein, nichts berechtigt euch hierzu; denn Herr Slade der in London angeklagt worden, wurde daselbst nach einer langen Untersuchung freigesprochen. Ihr wisst es ja, denn Sie, Herr J. Soury erzählen die Geschichte des Langen und Breiten in Ihrem Artikel. Seit jenem Londoner Prozess und jener Freisprechung wohnten in Belgien,

---

1) „Versuch einer Cellular-Psychologie."

Holland, Deutschland Australien Tausende von Personen den Experimenten Slade's bei und alle stimmen in der Erklärung überein dass die That-sachen deren Zeugen sie gewesen — selbst wenn dieselben nicht der Dazwischenkunft von Geistern zuzuschreiben wären wirklich, beständig und unläugbar seien. Unter den Personen, welche von diesen That-sachen zeugen, finden sich Gelehrte deren Wort auf höchste Glaubwür-digkeit Anspruch hat. Sie führen selbst die Namen von einigen an deren Berechtigung und Ehrenhaftigkeit Sie anerkennen: „Die Herren Zöllner, W. Weber, Fechner, Ludwig, Thiersch und viele andere Pro-fessoren der grossen deutschen Hochschule und unter ihnen Wilhelm Wundt, „welcher, wie es scheint, nur einer einzigen Sitzung beiwohnte", — und gerade dieser erhebt seine Zweifel und beklagt sich dass man nicht die Aermel des Marktschreiers untersucht habe. Warum hat er sie denn nicht selbst untersucht? Wenn er von einer ersten Sitzung nicht genügend befriedigt wurde, warum wohnte er nicht einer zweiten, dritten, vierten bei, um alle seine Zweifel zu heben, wie es die Profes-soren thaten, welche mit dem ehrenwerthen Zöllner von der Wirklich-keit der Thatsachen zeugen. Warum nicht? Ach, es erging dem Herrn Wundt wie dem Abbe Verdot der „seine Beweisstücke" erst empfing, nachdem er die Geschichte der Belagerung von Malta schon geschrieben: „die Belagerung ist vorbei!" Dies ist auch der Fall bei Häckel und bei Herrn Jules Soury, bei so vielen andern Schriftstellern, Geschicht-schreibern, Philosophen oder Gelehrten: ihre Belagerung ist vorbei, sage ich, sie werden davon nicht mehr abgehen und wir Andern kommen mit unsern Beweisstücken zu spät. Jene haben sich eine allgemeine An-schauung der Dinge gebildet die ihnen bisher ausreichte, oder sie haben ein System erfunden das sie berühmt gemacht, oder Lehren entwickelt von denen sie sehr gut haben leben können und jetzt nach einem ganzen langen Leben während dessen sie das was sie für Wahrheit hielten glor-reich öffentlich lehrten, sollten sie nun eingestehen, dass sie sich geirrt, sollten auf den philosophischen Zweifel zurückkommen, ihre allgemeine Anschauung zurücklegen. Neues in Aussicht nehmen, von vorn anfangen zu studiren, — mit zweiundsiebenzig Jahren z. B. wie Herr Wundt! — mit einem Wort, ihren Verstand neu bilden! Nein, das ist zu viel ver-langt von der armen menschlichen Natur. Kennt ihr etwa viele Sterb-liche die einer solchen Zumuthung gewachsen wären?

Wohlan, so wisset es denn, warum alle gelehrten Körperschaften, alle Akademien zu neuen Wahrheiten ein mürrisches Gesicht zu machen pflegen und warum auch deine Tochter stumm ist!" Darum eben hat Herr Wundt gesehen und nicht geglaubt, darum endlich hat der Ueber-setzer Häckels der seinen „materialistischen Monismus" vom Spiritismus bedroht sah, seine Anklageschrift losgelassen.

Den Beweis meiner Behauptung finde ich gerade in der Sprache jener Herren. „Herr Wundt, sagt uns Herr Jules Soury, hat sich die Mühe genommen am Schlusse seines Briefes Ulrici auf die traurigen Folgen solcher Lehren für die ernsten Studien hinzuweisen   . Wenn es keine Naturgesetze, eherne, unveränderliche, ewige, allgemeine Gesetze giebt — wenigstens in dem Theile der Welt in dem wir uns befinden, so giebt es keine Wissenschaft mehr."

„Alle wissenschaftlichen Methoden, sagt er ferner, beruhen in Wirklichkeit auf der Unveränderlichkeit der Naturgesetze; man nimmt als ein Postulat an dass, wenn die und die Bedingungen gegeben sind, die und die Thatsachen unweigerlich folgen müssen . . . Die spiritischen Phänomene im Gegentheil wissen nichts von den physischen Gesetzen, ja sie thun, als ob sie denselben Hohn sprechen möchten."

Wir hören hier den Schrei der Verzweiflung der den innersten Gedanken des Verfassers verräth. Herr Wundt hat ein System der physiologischen Psychologie ausgedacht dem, wie er meint, von den spiritischen Phänomenen widersprochen wird: vielleicht irrt er sich, vielleicht hat er Recht. Auf alle Fälle aber ist es nicht wahr dass diese Phänomene den wahren Gesetzen der Physik widersprechen; nur kennen wir diese Gesetze nicht alle und wenn er bei der Frage nicht so sehr interessirt wäre, so würde Herr Wundt sehen dass es sich hier nicht um misskannte oder verletzte Gesetze handelt, sondern um unbekannte Kräfte die sich kundgeben und deren Gesetze erst zu entdecken sind.

Uebrigens sind uns Klagen dieser Art nicht unbekannt. Wir haben sie in einer ganz andern Richtung sich geltend machen sehen. Welch ein Pfauengeschrei stiess man nicht aus im Namen der Familie, des Eigenthums, der Religion, welche in ihrer Existenz bedroht sein sollten! Einige Missbräuche sind abgeschafft worden oder werden es werden. Man hat sich einen etwas richtigeren Begriff von den gesellschaftlichen Rechten und Pflichten in Bezug auf die Religion, das Eigenthum, die Familie gemacht, aber ich wüsste nicht dass Eigenthum, Religion, Familie damit vernichtet worden wären.

Ihr schwachgläubigen Menschen, würdet ihr wohl, wenn ihr das Gesetz des Fortschrittes kenntet und wenn ihr euch einen richtigern Begriff von der allgemeinen Harmonie machtet, — würdet ihr wohl, so wie jetzt, euern kleinen wissenschaftlichen Gesichtskreis des Augenblicks für die Grenzen der Welt halten? Würdet ihr dann noch befürchten dass eine einzige Thatsache jemals die Unveränderlichkeit der Naturgesetze und der Prinzipien der Vernunft zu entkräften vermöge?

Würdet ihr gleich den kleinern Kindern eure Augen vor Gespenstern schliessen? Würdet ihr euch weigern die Phänomene zu schauen die ihr noch nicht zu erklären wisst? Würdet ihr, wenn ihr Gelehrte wäret die diesen Namen wirklich verdienen, an der Wissenschaft zweifeln, weil eure Wissenschaft beschränkt und stets unzureichend ist gegenüber einem unaufhörlichen Werden und gegenüber den neuen Bedingungen eurer Umgebung? Würdet ihr, wenn ihr wirklich den wissenschaftlichen Glauben besässet, das Eindringen des Wunders in den Bereich des Wissens befürchten? Bleibt für das Wunder noch ein Platz übrig in einer Welt die als ein unendliches Konzert gedacht wird, an dem jedes Wesen seinen Theil nimmt, wo Jeder in sich selbst das Princip seiner Thätigkeit, das Gesetz seiner ihm eigenthümlichen Kraftentfaltung trägt und wo alle Beziehungen zur Einheit hinstreben, um sich hier durch Verallgemeinerung zu harmonisiren? Nein, diesen Glauben habt ihr nicht der nur darum das Postulat der Wissenschaft ist, weil sie das Urtheil ist das unsre von der Wissenschaft erleuchtete Vernunft über die Gesammtheit der Dinge abgeben kann. Da ihr euch jedoch eine ganz rohe und mechanische Vorstellung von der Welt macht, da euer All weder Leben, noch Vernunft, noch Bewusstsein hat, so wollen wir sehen ob ihr im Stande seid aus demselben, ich will nicht sagen eine Religion — denn ihr seht deren Nothwendigkeit nicht einmal ein —, aber doch wenigstens eine Politik, eine Wirthschaftslehre, eine Kunst, eine Sittlichkeit hervorgehen zu lassen! Wir wollen sehen ob ihr mit einer solchen Weltanschauung im Stande seid euch der alten „übernatürlichen" Anschauung zu entledigen.

Und doch ist es sie, dieses erloschene Ideal, welche, so ohnmächtig sie sich auch erweist die Geister zu erleuchten und die Seelen zu erwärmen, immer noch euer gesellschaftliches Gebäude trägt und stützt. Ohne dieses zurückgebliebene und unfruchtbar gewordene Ideal würde eure aus den Fugen gehende und jedes religiösen Bindemittels beraubte Gesellschaft vollends auseinanderfallen und ihr wäret die Ersten die unter ihren Trümmern begraben würden. Denn die Fluthen der Barbarei die von allen Seiten sich erhöben, würden bald für eine kürzere oder längere Zeit das Niveau des menschlichen Geistes niederdrücken. Darum dürft ihr euch darüber nicht täuschen, ihr seid dazu verurtheilt an diese Leiche gekettet zu bleiben, bis ihr einst mit jenem neuen Ideal in Verbindung zu treten vermöget und durch dasselbe zu einem neuen Leben wiedergeboren werdet. Unterdessen mögt ihr euch immerhin vor dem alten Uebernaturalismus fürchten, ihr könnt seiner doch nicht entrathen und ihr bleibt genöthigt mit ihm zu rechnen. Für Gelehrte aber die sich der Erforschung des Seelenlebens widmen, ist es eine Schmach sie das als Wunder, d. h. als Eingriffe in die Naturgesetze betrachten zu sehen was die Manifestation von Kräften ist welche der menschlichen Seele entstammen und die an dieser Fähigkeiten nachweisen die zwar nicht gerade neu sind, denen aber bis dahin die nöthigen Bedingungen der Umgebung fehlten, um sich in normaler Weise zu äussern und welche einfach nur eine neue Stufe in dem fortschreitenden Leben unseres Geschlechts, eine Phase bezeichnen die sich aufthut und uns eine Kraftsteigerung in dem „Werden" der Menschheit zeigt. Warum sollte, wenn der soziale Mensch aus dem menschenähnlichen Affen hervorgegangen, der geistige Mensch nicht aus dem sozialen auftauchen? Es ist dies ein logisch wohl begründeter Fall von Abstammung und wenn die „Umgestaltungstheorie" nach Häckel und Darwin Recht hat, so sieht man nicht ein was Herrn Jules Soury berechtigen sollte hier Nein zu sagen. Jedenfalls wäre die Sache werth untersucht zu werden.

Schon recht, allein Herr Jules Soury will eben nicht untersuchen; unser Rath kommt zu spät und er will auch nicht dass Andere untersuchen. Denn er wird uns nicht glauben machen dass er seine Leser mit den Experimenten Slades bei Zöllner bekannt machen wollte. Hat man das was er darüber sagt, gelesen, so ist es ganz unmöglich sich über dieselben eine einigermassen genaue Vorstellung zu machen. Nichts ist leichter — selbst ohne sich nur die Mühe zu geben zu lügen — als von einer Sache eine falsche Vorstellung zu erregen. Dazu genügt es nur einen Theil der Wahrheit zu sagen. Nicht umsonst lassen unsere Gerichte die zu befragenden Zeugen schwören, nicht nur die Wahrheit, sondern die ganze Wahrheit zu sagen. Ob absichtlich oder nicht — die Art und Weise wie sich die Dinge bei jenen Experimenten zugetragen, ist im Dunkel geblieben. Es wäre dies wichtig gewesen, um das Publikum wissen zu lassen ob jene Experimente ernsthafter Natur waren. Offenbar konnte sich der Verfasser, da er selbst die Sache nicht ernst nahm, nicht entschliessen von derselben in ernsthaftem Tone zu sprechen. So hat er es unterlassen zu sagen dass das amerikanische Medium sich bereitwillig allen Vorsichtsmassregeln unterzog welche die Anwesenden zu treffen wünschten, um sich der Wirklichkeit der Phänomene zu versichern; so vergass er jenen hochwichtigen Umstand dass Jeder die zur Aufnahme der Geisterschrift (?) bestimmten Schiefertafeln selbst mitbringen durfte, dass zwei solche Tafeln auf einandergelegt, nach gehöriger Untersuchung in dieser Lage versiegelt und dass, nachdem ein Stückchen Bleistift in den von den Rahmen gelassenen Raum gelegt worden, sich jenes Geräusch vernehmen liess welches der über den Schiefer gleitende Stift zu machen pflegt, dass die Tafeln keinen Augenblick von den Zuschauern aus den Augen verloren wurden u. s. w.

Indessen, Alles was wir zur Richtigstellung eines „Berichts" der im Artikel des Hrn. Soury eigentlich gar nicht vorkommt, sagen könnten, wäre unzureichend. Es ist besser wir geben dem Leser davon wie es bei den Experimenten Slades zuzugehen pflegt, dadurch einen Begriff dass wir einen genauen und ehrlichen Bericht darüber wiedergeben. Wir brauchen dazu nur die Erzählung zu wiederholen welche die ganze Strenge und Genauigkeit eines Protokolls besitzt und die sich in der November-Nummer der „Religion laïque" von 1877 findet. Der hier auftretende Zeuge gehört zu den zuverlässigsten. Es ist ein ehemaliger Abgeordneter zur Nationalversammlung von 1871 und zugleich einer der grössten Industriellen Frankreichs. Er ist der Gründer des „Familistère" von Guise, der Verfasser des Werkes Solutions sociales (Soziale Lösungen) und der Leiter des Blattes „Le Devoir" (die Pflicht), ein Mann noch jetzt in kräftigem Alter und bei dem bisdahin noch keinerlei Zeichen von Nervenleiden, weder gegenwärtigem noch zukünftigem zu bemerken waren, er ist endlich einer der besten Köpfe unserer Zeit und Einer von denen deren Name stets eine Ehre der Menschheit bleiben werden. Wird Hr. Jules Soury solche Bürgschaften wohl als genügend anerkennen?

Ich glaube nicht dem Bericht des Herrn Godin und seinen Erwägungen etwas hinzufügen zu sollen. Die Frage in Bezug auf die Experimente Slades ist erledigt. Es erübrigt nur noch zu zeigen welchen Werth der Spiritismus vor dem Richterstuhl der Wissenschaft besitzt und was für nützliche Elemente derselbe zu der gesellschaftlichen Organisation der Zukunft hinzubringt. Wir werden Gelegenheit haben im Verlaufe dieser Studie eine Vergleichung der spiritischen Lehre in ihrer

Eigenschaft als Experimental-Psychologie mit dem materialistischen Monismus Häckels anzustellen und wir werden sehen welche der beiden Theorien in Wahrheit die wissenschaftlichere, d. h. die besser auf Erfahrung und Vernunft begründete und gleichzeitig die sowohl für den Einzelnen als für die Gesellschaft an sittlichenden Elementen fruchtbarere sei.

Dies wird der Gegenstand eines zweiten Briefes sein.*)

Empfangen Sie u. s. w.

Ch. Fauvety,

Vicepräsident der wissenschaftlichen Gesellschaft für
psychologische Studien in Paris.

„Um jeden Verdacht von vorn herein von dem Experiment fern zu halten, erschienen wir bei Hrn. Slade mit zwei eingerahmten Schiefertafeln, die mit Scharnieren und einem Verschluss versehen und aussen mit gefirnisstem Holz überzogen waren.

„Da es mir namentlich daran gelegen war bei meinen Freunden behaupten zu können, dass ich keine Vorsicht versäumt hätte, um gegen jeden Versuch einer Gaukelei oder Taschenspielerei gesichert zu sein, und obgleich Herr Slade in keiner Weise etwas davon wusste dass ich mit meinen eigenen Schiefertafeln bei ihm erscheinen werde, so hatte ich doch noch die weitere Vorsicht gebraucht die Tafeln inwendig und auswendig mit besonderen Zeichen zu versehen welche jede Verwechslung mit anderen sofort an den Tag gebracht hätten.

„Vor Beginn der Sitzung lässt es Hr. Slade übrigens einem ganz bequem machen: er ladet auch selbst ein den Tisch auf dem man operiren, die Stühle auf die man sich setzen soll, zu untersuchen, kurz er genehmigt alle von uns gewünschten Prüfungen.

„Der Tisch ist so einfach als möglich: viereckig, von Akajou-Holz, ohne Schublade steht er auf vier Füssen die etwa 30 Centimeter von den Enden abstehen: der untere Theil ist eben wie der obere, so dass man die

---

*) Wird in den Spalten unseres psychologischen Sonntagsblattes „Licht, mehr Licht" willkommene Aufnahme finden.

Schiefertafeln sowohl unterhalb als oberhalb in gleicher Weise anbringen kann. Der Teppich auf dem er ruht ist aus einem Stück und die Stühle auf die wir uns setzen, sind von Rohrgeflecht und sehr einfach.

„Wir setzen uns um den Tisch, das Medium setzt sich gegenüber Madame M . . . und lässt eine junge Dolmetscherin, seine Nichte, mir gegenüber Platz nehmen, so dass ich mich an seiner Seite befinde. Wir fragen sodann, ob wir auf die von uns mitgebrachten Schiefertafeln Schrift erhalten können?

„Herr Slade lässt nun mit den Händen Kette bilden. Sofort verkündigen uns Klopflaute im Tisch die Gegenwart der unsichtbaren Kraft welche die Mittheilungen hervorbringen wird.

„Das Medium fragt dieselbe, ob sie auf die auf dem Tische liegenden verschlossenen Schiefertafeln schreiben wolle? Sodann nimmt es eine eingerahmte einfache Schiefertafel die neben ihm liegt, legt ein kleines Stück Bleistift, das es mit den Zähnen abbeisst, darauf und hält die Tafel unter den Tischrand. Sofort hört man den Bleistift schreiben und dann zwei Klopfschläge auf der Tafel. Das Medium legt diese wieder auf den Tisch, sie enthält die Worte: „Wir wollen es versuchen.“

„Diese Antwort gewährt also bereits das geheimnissvolle Phänomen der direkten Schrift. Aber hierin, wird man sagen, liegt nichts das ein geschickter Taschenspieler nicht ebenfalls machen könnte! Das ist richtig, warten wir also ab.

„Das Medium nimmt die doppelten Schiefertafeln, öffnet sie vor uns auf dem Tisch und legt ein kleines Stück Bleistift von drei bis vier Millimeter Dicke auf die eine derselben. Auf die Tafeln war noch nie etwas geschrieben worden. Er legt sie zusammen, befestigt den Verschluss und legt dieselben auf meine Schulter, gegen mein Ohr, indem sie meine linke Wange überragen. Sofort hören wir alle das Geräusch des über den Schiefer hinstreichenden Stifts, als ob er von einer schreibenden Hand geführt würde. Sodann laden zwei zwischen den Schiefertafeln ertönende Klopfschläge das Medium ein dieselben zu öffnen. Es thut dies: auf der einen Seite findet man eine Zeile in arabischen oder chinesischen Schriftzeichen, deren Uebersetzung ich nicht habe, sodann einen Satz der lautet: „„Ihr habt diesen Abend viele Freunde gegenwärtig.““

„Das Medium schliesst die Tafeln wieder, indem es den Griffel dazwischen lässt und hält sie dann gegen meine Brust. Sogleich beginnt das Geräusch des Schreibens wieder zwischen den beiden Schiefern und dann folgen die Klopfschläge. Man öffnet und findet diesmal auf der andern Tafel den Satz: „„Eure Schiefertafel ist zu stark gefirnisst, als dass wir davon Gebrauch machen könnten.““

„Diesmal ist keine Taschenspielerei mehr möglich: wir haben unsre Augen nicht von den Tafeln abgewandt, es sind allerdings dieselben die ich mit den von mir darauf gemachten Zeichen mitgebracht.

„Uebrigens beweisen uns andere Phänomene, dass eine unsichtbare Kraft im Zimmer vorhanden ist; denn ein in einiger Entfernung stehender Lehnstuhl verlässt seinen Platz und stösst sich plötzlich an den Stuhl des Mediums.

„Das Medium nimmt eine gewöhnliche Schiefertafel, legt einen Griffel zwischen dieselbe und den Tisch und hält Tafel und Tisch fest gegen einander gepresst. Sofort beginnt von neuem das Geräusch des Schreibens und hört erst auf, nachdem die Tafel voll geworden. Sie enthält Erklärungen über den Einfluss den diese Phänomene ausüben sollen.

„Bevor wir uns trennen erhebt sich der Tisch um etwa dreissig Centimeter. Ich übergehe die anderen Einzelheiten dieser Sitzung, um die hauptsächlichsten von der des folgenden Tages zu erzählen.

„Diesmal kommen wir mit gewöhnlichen, mit Rahmen versehenen Schiefertafeln, ohne Firniss und ohne Luxus. Die Sitzung beginnt wie am Tage vorher, indem man auf dem Tisch Kette bildet. Die nämlichen Klopftöne zeigen die Ankunft der Schreibenden an.

„Das Medium nimmt die beiden Tafeln die ich mitgebracht, und wischt sie auf den vier Flächen ab, legt auf die eine einen Griffel, bedeckt sie mit einer anderen Tafel und bindet beide mit dem Bindfaden in welchem sie hergebracht worden, zusammen. Alles dies geschieht auf dem Tisch, vor uns, ohne dass uns ein Augenblick der Operation entgeht.

„Das Medium hält diese Schiefertafel gegen meine Brust, indem es sie an einer Ecke in der rechten Hand hält und sofort lässt sich das Geräusch des Schreibens vernehmen und zwar auf eine sehr charakteris· tische Weise. Die Zeilen folgen eine auf die andere; dann hört man einen Strich ziehen und in der Art des Schreibens tritt eine Veränderung ein. Einen Augenblick nachher macht man einen neuen Strich, dann einen dritten, sehr accentuirten und jedesmal hört man die Punkte auf die I setzen und interpunktiren. Es ist jedoch eine völlige Aenderung im Schreiben eingetreten: man erkennt dass nur noch stark charakterisirte Züge ohne Verbindung unter einander ausgeführt werden. Was wird das für eine Schrift sein? Gothisch? Man horcht, man hört, aber man merkt nur dass das Schreiben sich in diesem letzten Moment mit einer ganz besonderen Aufmerksamkeit vollzieht.

„Die Klopflaute verkündigen endlich dass die Mittheilung zu Ende ist. Man löst die Schiefertafeln und wir finden die beiden inwendigen Flächen mit Schrift bedeckt. Sie enthalten 21 der Länge nach geschriebene Zeilen:

„Sieben Zeilen französisch über eine Stelle im Neuen Testament.

„Fünf Zeilen englisch über das was wir zu thun hatten, um diese Art von Manifestationen zu erlangen.

„Sechs Verszeilen holländisch über die Erndten.

„Und drei Zeilen griechisch, ein Zitat aus dem Neuen Testament.

„Ich glaube hierbei bemerken zu sollen dass keine von den anwesenden Personen weder Griechisch noch Holländisch versteht.

„Ich band diese Schiefertafeln sorgfältig zusammen um sie mit mir zu nehmen, wie ich dies am Tage vorher ebenfalls gethan. Auf dieses Experiment folgten noch verschiedene Phänomene. Aber ich muss meinen Bericht abkürzen. Madame M . . . wird vom Medium eingeladen eine Schiefertafel zu nehmen, den Griffel selbst unter sie zu legen und sie an den Tisch gedrückt festzuhalten. Sie thut es ohne irgend Jemandes

Beihülfe. Herr Slade mischt sich nur mit zwei oder drei aus der Entfernung über den Arm der Madame M . . . gemachten Strichen darein. Die Schrift stellt sich sofort ein und enthält folgenden Satz: „„Wir thun für euch Alles was wir können.""

„Einen Augenblick später wird eine Schiefertafel heftig aus der Hand des Mediums gerissen und fällt auf der anderen Seite des Tisches zwischen Madame M . . . und mir auf den Boden. Alle Hände waren in diesem Augenblicke auf dem Tisch und sie blieben darauf, Kette bildend, als einen Augenblick nachher zu unserem grossen Erstaunen die zu unseren Füssen liegende Schiefertafel sich scheinbar von selbst erhebt und sich flatternd auf den Tisch zwischen unseren Händen niederlässt.

„Ich übergehe die Berichterstattung über zehn andere Thatsachen welche ebenso seltsam waren, die aber vom Leser einer Täuschung zugeschrieben werden könnten. Bei dem eben beschriebenen war eine solche nicht möglich. Noch besitze ich die mit Schrift in fünf Sprachen bedeckten Schiefertafeln, — mit einer Schrift, die in dem engen, völlig dunkeln, zwischen den zwei etwa acht Millimeter durch die Dicke des sie umgebenden hölzernen Rahmens auseinandergehaltenen Tafeln gebildeten Raume erhaltenen wurde.

„Sind nun diese Phänomene der Aufmerksamkeit weniger würdig, als bei ihrer ersten Entdeckung der Blutumlauf, die kugelförmige Gestalt der Erde, das Dasein einer neuen Welt, der tägliche Umlauf der Erde, die Schwerkraft, die Electrizität, der Dampf, die Photographie u. s. w. es gewesen? . . . . Und dennoch hielten es Narvey, Christof Kolumbus, Galilei, Newton, Galvani, Fulton, Daguerre der Wissenschaft nicht unwürdig sich mit Thatsachen zu beschäftigen die von der ganzen Welt in Zweifel gezogen wurden, und das menschliche Geschlecht hat aus ihren Forschungen Nutzen gezogen.

„Ist es von geringerem Interesse das thatsächliche Wirken der Intelligenz und des Gedankens ausserhalb des Stoffes oder der Materie konstatiren zu können? Die Ursache der ohne Mitwirkung der bekannten physikalischen Gesetze auf den Stoff wirkenden Kräfte zu suchen? Sich darüber Rechenschaft zu geben in welchem Maasse diese Kräfte sich mit unsern Handlungen verbinden können? Die Ursache des Einflusses zu entdecken den gewisse Personen auf die Hervorbringung jener Phänomene ausüben? Und sieht man nicht die Dringlichkeit ein aus eben diesen Phänomenen die höhern Gesetze des Lebens abzuleiten dessen künftiges Wesen uns unbekannt ist?

„Was mich selbst betrifft, so wollte ich mit Gegenwärtigem nur Thatsachen bezeugen welche nach meiner Ansicht auf's Bedeutsamste der in dieser Revue eröffneten Untersuchung entsprechen.

„Ich beabsichtige hier nicht eine Erklärung jener Phänomene zu geben; ich begnüge mich damit zu sagen, dass es keine Wirkung ohne eine Ursache giebt, dass die Bethätigung einer Kraft einer oder mehrerer wirkenden Kräfte (Agentien) bedarf, um jene Bethätigung in's Werk zu setzen, dass eine intelligente Wirkung die Bethätigung eines intelligenten Wesens beweist.

„Archimed bedurfte eines Hebels, um die Welt zu bewegen; im vorliegenden Falle bewegt sich der Stoff scheinbar von selbst und der intelligente Gedanke bringt sich ohne Mitwirkung irgend eines stofflichen Organismus zum Ausdruck.

„So lange Jemand bei der Hervorbringung solcher Phänomene in irgend einem Grade vermittelst einer wenn auch noch so indirekten Muskelthätigkeit mitwirkt, haben Diejenigen welche jene Phänomene nicht erfahrungsmässig erforschten, starke Gründe sich zu fragen ob das Ergebniss nicht demjenigen ähnlich sei welches durch vom Menschen durch Uebung erworbene Fertigkeiten hervorgebracht wird. Der Pianist z. B. scheint in seinen Fingerspitzen intelligente Fähigkeiten zu besitzen. Man kann also, so lange die Anwesenden mit ihren Muskeln sich daran betheiligen, die hervorgebrachten Wirkungen biologischen Erscheinungen zuschreiben. Die Sache verhält sich aber anders, wenn die Körper sich ohne irgend welche Dazwischenkunft der Zuschauer bewegen, wenn ein einfaches Stückchen Stein ganze Seiten auf den Schiefer einer verschlossenen Schachtel schreibt, man kann dies, dünkt mir, nur der Kundgebung von aussen wirkender Kräfte zuschreiben. Wenn diese Kräfte intelligente Wirkungen hervorbringen wie die aufgeschriebenen Gedanken, so muss man wohl die Gegenwart einer Intelligenz und eines unsichtbaren Wesens zugeben.

„Was sind nun das für Wesen und Intelligenzen? Wir besitzen keine andre Aufklärungen über diesen Punkt, als diejenigen welche diese Wesen selbst zu geben für gut finden. An uns ist es zu sehen ob wir die Aufschlüsse annehmen und glauben sollen die wir von ihnen in ihren Unterhaltungen mit uns empfangen.

„Sie drücken sich so aus wie Menschen und bekennen sich auch als solche. Der Unterschied zwischen ihnen und uns besteht darin dass sie an eine unstoffliche Substanz gebunden existiren und leben, während wir augenblicklich an die Schwere des Stoffes gefesselt sind. Oft geben sie sich für unsre Freunde, unsre Verwandte aus: sie erklären unter uns gelebt zu haben. Kann man unmittelbarere Aufschlüsse über das jenseitige Leben verlangen? Ich glaube nicht, aber ich bin überzeugt dass für viele eingenommene Köpfe diese Aufschlüsse den Nachtheil haben nicht weit genug hergeholt zu sein. Was mich betrifft, so hege ich, wenn mir die Post einen auf Papier geschriebenen Brief bringt, keinen Zweifel dass ein intelligentes Wesen ihn eingegeben habe, obgleich ich die Hand die ihn geschrieben, nicht gesehen. Wenn ich die nämliche Kunde auf dem Wege geheimer Mittheilung erhalte, ist es mir dann erlaubt nicht mehr an ein intelligentes Wesen als deren Urheber zu glauben?

„Aber, o Gräuel der Verwüstung! wird man ausrufen, Sie wollen uns also in den Aberglauben und die Missbräuche des Wunders zurückbringen? Ich antworte: nein, durch Wahrheit baut der Mensch die Wissenschaft auf und durch Wahrheit bringt die Wissenschaft alle Missbräuche zu Fall. Indem wir das Licht auf die verborgenen Phänomene fallen lassen, werden wir die Missbräuche des Wunders ausrotten, werden wir den Sektengeist daran hindern sich noch länger das Monopol dieser Dinge anzumassen und denselben falsche und lügnerische Auslegungen zu geben, mit denen der Glaube des Volkes missbraucht wird.

„Licht wollen wir in Allem, wir glauben dass Alles was existirt einen den Gesetzen des Alls unterworfenen Seinsgrund habe. Wenn der Mensch sein irdisches Dasein überlebt, wenn das jenseitige Leben es ihm gestattet sich uns kund zu thun, so muss dies in dem Plan und Zweck jener Gesetze liegen. Mögen diese Thatsachen zur Folge haben die Zweifler ausser Fassung zu bringen, mögen sie eine Verlegenheit werden für die Menschen deren Eigenliebe dabei verpfändet ist durch Studien und Behauptungen die mit diesen Thatsachen in Widerspruch stehen, — alles das giebt keinen Grund dazu ab, das Licht unter den Scheffel zu geben.

„An unsern Physikern ist es ihre Untersuchungen auf jene Gesetze zu richten vermöge deren die Kräfte der unsichtbaren Substanz auf die stoffliche Substanz wirken und die Bewegung von Gegenständen veranlassen, sie von der Stelle rücken, sie leiten, ja sie dahin bringen können zu schreiben. Dadurch dass die Wissenschaft sich eigensinnig von diesem Felde des Wissens fern hielte, würden die Thatsachen selbst nicht minder offenkundig und nicht minder wahr sein für Diejenigen welche sie bezeugen können.

„An unsern Physiologen ist es den Kreis ihrer Forschungen auf den menschlichen Organismus auszudehnen, an der Biologie ist es die Geheimnisse des Lebens besser zu durchdringen, an unsern Psychologen endlich die Bestimmung des Menschen ausserhalb des Bereichs des Stoffs tiefer zu ergründen.

„Heute bin ich nur ein Zeuge. Ich wollte in diesem Artikel nur der von der „Religion laïque“ eröffneten Untersuchung nachkommen und auf meine eigene Gefahr der Wahrheit eine neue Huldigung darbringen.“

Godin.